»Auch ich lüge, denke ich mir, aber besser, ohne daß es einer bemerkt. Es wurde mir auch zeitlebens nicht gedankt, kein einziges Mal«, hofft und befürchtet die junge Frau, die über ein vor sich hin dümpelndes Hotel an der weiten Bucht regiert. Obwohl regiert eigentlich zu viel gesagt ist: Sie hat das Hotel von der Mutter geerbt und wird dort eher geduldet. Die Gäste sind ihr so vertraut wie das Mobiliar, treu kommen sie immer wieder her und messen die in sich gekehrte Tochter an der agilen Mutter, die mit ihren Freundinnen einst Tanzcafés besuchte. Die Heldin dagegen baut auf den schweren Duft der Lilien.

Neue Gäste kommen, reißen ein Loch in das Warten und lassen bei der Abreise eine Leiche zurück. Und da ist der neue Koch, der hat »muntere Ideen« und will von der Küche aus die Herrschaft an sich reißen. Die Gäste hat er bereits überzeugt. Doch mit dem Blick einer listigen Schlange, die sich mit Trägheit tarnt, hat die Heldin alles registriert, um im entscheidenden Moment loszuschnellen.

»Der Aufstand, den Julia Francks Debütroman probt, ist ein Aufstand des Blicks. Diejenige, die von allen übersehen wird, verwandelt sich in einen Spiegel und wirft Zerrbilder zurück. Julia Franck nimmt nicht die Pose des ›bösen Mädchens‹ ein. Ihre Boshaftigkeit hat mit modischer Girlie-Power nichts zu tun, sondern ist das Ergebnis erzählerischer Genauigkeit.« *Süddeutsche Zeitung*

Julia Franck wurde 1970 in Berlin geboren. 1998 erschien ihr Debüt »Der neue Koch«, danach »Liebediener« (1999), »Bauchlandung. Geschichten zum Anfassen« (2000) und »Lagerfeuer« (2003). Sie verbrachte das Jahr 2005 in der Villa Massimo in Rom. Für ihren Roman »Die Mittagsfrau« erhielt Julia Franck den Deutschen Buchpreis 2007.

Julia Franck
Der neue Koch
Roman

Fischer Taschenbuch Verlag

2. Auflage: Oktober 2007

Veröffentlicht im Fischer Taschenbuch Verlag,
einem Unternehmen der S. Fischer Verlag GmbH,
Frankfurt am Main, Oktober 2001

Lizenzausgabe mit freundlicher Genehmigung
des Ammann Verlags, Zürich
© Amman Verlag & Co., Zürich 1997
Satz: Gaby Michel, Gießen
Druck und Bindung: Clausen & Bosse, Leck
Printed in Germany
ISBN 978-3-596-14806-6

Erster Tag Die Beine schwer, rot mit weißen Punkten, weil sich das Blut unter den Venenklappen staut und das Herz nur langsam in der Hitze pumpt. In ihren Augen sehe ich die Schwere der Beine, müde Augen, verquollene, mit Ringen darunter. Ich habe sie abgesetzt neben der Tür, sie fächelt sich Luft an die Lider, und ihre Knie zittern unter der Anstrengung, dem Versuch, sich zu berühren – sie kann schon längst ihre Beine nicht mehr schließen, wenn sie sitzt, Fleisch dazwischen hindert sie. Ihre Augen sehen auf mich herab, Schweiß rinnt in kleinen Bächen ihre Waden entlang, und auch zwischen den Schenkeln schimmert es klebrig, ihre Augen folgen mir träge, so gut sie können, das Gelb ums Braun ist zäh und dick und trüb, der Schleim, sie kommen mir nach, die ich auf dem Boden krieche und Glassplitter mit der Hand aufsammle. Ich muß aufpassen, mich nicht zu schneiden und meine Knie zu schützen, die nackt sind, weil immer noch Sommer ist und ich kurze Hosen trage. Sie wischt sich die Stirn mit einem Taschentuch, das sie in der geöffneten Hand hält, auch die kann sie nicht mehr ganz schließen. Mit der anderen Hand tastet sie neben sich an der Wand entlang, es gibt einige graue Flecken rund herum, um den Schalter für den Ventilator zu finden. Sie sitzt zu weit entfernt, läßt ihren Arm sinken. Bei jedem Atemzug bebt ihr Busen auf und ab, ich kenne sie, ich muß nicht mehr hinsehen, um zu wissen, wie das aussieht. Feine

Glasplättchen bleiben an meinen Fingern und den Handflächen kleben.

Du mußt einen feuchten Lappen nehmen, sagt sie und deutet mit ihrem Arm zum Waschbecken. Ich stehe auf, mir fällt das Gehen leicht, trotzdem habe ich mir angewöhnt, in ihrer Gegenwart alles sehr langsam zu tun – also gehe ich langsam zum Schalter und stelle den Ventilator an, dann gehe ich zum Waschbecken hinüber, ich spüle das Glas von meinen Händen, hoffe ich, und nehme den Lappen, auf den sie gezeigt hat. Er riecht nach Schimmel. Bevor ich mich wieder bücke, biete ich ihr an, ein neues Glas mit Eistee zu holen. Sie möchte viel Eis, und ich bringe es ihr. Sie setzt an, sie leert jedes Glas in einem Zug, ein Teil läuft ihr daneben, tropft vom Kinn auf die Bluse. Als sie die Nässe auf dem Busen spürt, den Kopf senkt und, nichts erkennend, wieder hebt, um mich anzusehen, eile ich herbei, ihr zu helfen. Ich nehme ihr das Glas ab und tupfe mit dem feuchten Lappen behutsam den bebenden Busen, vorsichtig. Sie scheint keine Berührung zu bemerken. Ich gebe ihr erneut das Glas. Sie trinkt. Ich knie mich auf den Boden und nehme winzige Scherben auf. Ihr sandgelbes Kleid ist zerknittert, wirft Falten links und rechts, ausgedörrte Flußbetten zwischen ihren Armen und Beinen, der Schweiß tropft auf den Boden. Ich kann ihre Unterhose sehen, Kleid und Unterhose sind fast gleich lang, beide sind kurz.

Madame Piper hatte meine Mutter sehr verehrt, ich glaube, beide waren Freundinnen. Weil Madame oft den ganzen Winter bei uns gastierte, war sie anwesend, als meine Mutter starb. Sie fand sich sehr vertraut mit uns und fühlte sich vermutlich aus diesem Grund fortan für mich verantwortlich. Das zeigt sich darin, daß sie gern kontrolliert, ob ich im Hotel alles richtig mache, ebenso richtig wie meine Mutter. Meine Mutter mochte Freesien, es ist demnach falsch, wenn ich Lilien kaufe, und darauf weist mich Madame hin. Ich kaufe besonders häufig Lilien im Herbst und Winter, wenn Madame da ist, die gibt es oft, sie kommen aus deutschen und holländischen Treibhäusern, mit Duft. Madame mag den Duft nicht, sie erträgt ihn nicht, sagt sie und hustet. Ich verstehe nichts von Blumen, ich finde Lilien hübsch und günstig, ich sage, Freesien hätten sie nicht gehabt. Madame wird ihrer Hinweise nicht müde, so daß ich gelernt habe, mich auf ihre Abreise zu freuen. Meine Mutter ist jetzt knapp zehn Jahre tot, sie starb, als ich zwanzig war, und ich empfange Madame jedes Jahr mit größerer Geduld.

Madame Piper sagt, sie liebt mich wie meine Mutter. Ich weiß nicht, wie mich meine Mutter geliebt hat. Beim Treppensteigen braucht sie meine Hilfe. Ich spüle den Lappen aus, nehme ihr das Glas aus der Hand und greife ihr unter den Arm. Schon mehrmals habe ich Madame angeboten, das Zimmer Nr. 1 auszuprobieren, es liegt im Parterre, gleich neben dem Empfang, aber sie lehnt jedes Mal ab und besteht auf ihr Eckzimmer im ersten, das sie regelmäßig seit ihrem ersten Besuch vor einunddreißig Jahren bewohnt. Sie besucht mein Hotel schon länger, als ich lebe, das sagt sie mir häufig, sie kannte meine Mutter länger als ich, und ich behaupte, sie meint damit, sie kannte sie besser. Mir ist das recht, denn ich wollte meine Mutter nie genauer kennen, als ich ohnehin mußte. Das Bett unten in der Nr. 1 wäre für Madame Piper besser geeignet, es ist etwas größer und relativ neu, es ist stabil und quietscht nicht. Madame möchte kein anderes Bett, ich denke, sie hört es nicht quietschen. Wenn sie ankommt und ihre Koffer auspackt, holt sie als erstes ihr Handtuch heraus, das sie vorsorglich schon immer obenauf gepackt hat. Sie legt das Handtuch auf das Bett, und dort bleibt es liegen, solange sie hier weilt. Wir haben zwar Meer, aber keinen Strand hier, sie braucht es tagsüber nicht, wenn sie das Haus verläßt. Sie hat mir einmal gesagt, daß sie von den deutschen Urlaubern gelernt hätte, das Handtuch als Flagge, so, das sei und bleibe ihr Bett. Sie hat Angst, ich könnte sie hinter ihrem Rücken, wenn sie spazieren oder einkaufen ist, umquartieren. Neuerdings muß ich sie begleiten, weil sie nicht mehr so gut gehen kann.

Wenn ich mit Madame die Treppen emporsteige, vibriert das Holz unter jedem Schritt, den wir machen. Mit der linken Hand zieht sie sich am Geländer hinauf, mit der rechten stützt sie sich auf mir ab. Das Taschentuch entfällt ihren Händen, ich hebe es auf. Ich kenne den Geruch ihres Schweißes wie den meiner Mutter. Madame Piper glaubt, sie sei Französin, weil sie mal drei Jahre in Frankreich gelebt hat. Sie sagt, sie hätte ein aufregendes Leben gehabt, sie war Fremdsprachenkorrespondentin. Ich mache ihr eine Freude, wenn ich sie Madame nenne. Ich setze sie, im Zimmer angekommen, auf ihrem Bett ab. Erst hält sie sich, weniger als einen Augenblick, dann fällt sie nach hinten, ein großes Baby. Ich nehme ihre Beine und drehe sie ein wenig, daß auch die zu liegen kommen. Das Licht stört sie, ich ziehe die Gardinen zu, sie möchte, daß ich den Raumbefeuchter anstelle. Ich soll noch ein wenig von dem Eukalyptusöl hineinschütten, das in einer Flasche danebensteht. Ihre Augen sind zugefallen, sie murmelt noch, das Einkaufen sei ihr erschöpfend vorgekommen, sie entläßt mich. Ich bin froh, als ich die Tür hinter mir schließe.

Ich gehe die Treppe hinunter und setze mich an meinen

Empfangstisch, er ist schmal. Ein Tischler mochte meine Mutter sehr und hat ihr sein Meisterstück gleich nach dem Verschwinden meines Vaters geschenkt. Mein Vater ist auf den Tag fünfzehn Jahre vor dem Tod meiner Mutter geflohen, ich weiß nicht wohin und denke darüber nicht mehr nach.

Das Geräusch des Ventilators stört mich. Ohnehin ist es nicht besonders warm, wird es hier nie, nur Madame schwitzt, und ich habe gehört, daß viele Menschen allein durch den Anblick eines Ventilators den Eindruck bekommen, es sei heiß. Das macht ein Hotel reizvoll. Ich habe am Empfangstisch einen Knopf, der Tischler hat an alles gedacht, mit dem ich ihn abstellen kann. Ich habe mehrere Knöpfe, ich kann die Tür von hier aus öffnen, kann das Mädchen rufen, es heißt Berta, kann die Rolläden runterlassen und Feueralarm auslösen. Ich stelle den Ventilator aus. Meine Mutter hatte dem Tischler im Gegenzug eine Nacht im Hotel geschenkt. Das gefiel ihm gut. Er fragte, ob er die Fensterrahmen abziehen solle. Meine Mutter hatte genickt, das hätte sie schon lange mal wieder gebraucht. Er machte allerhand im Haus. Meine Mutter hatte auch einen Freund, der Blumenverkäufer war und ihr die Freesien brachte. Dem hatte sie ebenso gesagt, er könne eine Nacht im Hotel schlafen, wenn er wolle, und er wollte. Den Tischler wollte meine Mutter bald darauf an Madame abgeben, aber der wollte sie nicht, er wollte nur meine Mutter, sagte er und ging lieber ganz. Als meine Mutter dann gestorben war, erschien der Tischler, stellte sich vor mich an den Empfangstisch und fragte, ob er den Sarg zimmern dürfte. Ich nickte, denn ich dachte mir, das hätte meine Mutter gefreut, die gerne alles annahm, was man ihr schenkte.

Wenn ich den Kopf drehe, kann ich hinter mir an der Wand meinen Vater und meine Mutter auf zwei Gemälden sehen, die beiden haben sie selbst malen und dort anbringen lassen, die sollten immer an sie erinnern.

Ich bin froh, daß ich keinen Grund habe, Berta zu rufen. Berta habe ich mit dem Hotel geerbt. Sie hat einen langen Stock mit einem Federbüschel oben dran, mit dem sie mehrmals am Tag durch das Haus eilt und geschäftig tut, sie wedelt damit an den Gardinenstangen und in den Nischen zwischen Heizung und Wand. Berta putzt die Tassen servil, das heißt, sie hebt den Kopf dabei nicht, krümmt demütig den Rücken und schaut mich nicht an, wenn ich in die Küche komme. Ich habe ihr gesagt, sie soll die chinesischen Tassen mit der Hand waschen, weil ich aus der Spülmaschine schon zwei kaputt geborgen habe. Sie putzt die Tassen erst innen, dann außen. Sie nimmt dabei die Kratzseite der Schwämme und hat inzwischen fast alle Bildchen von dem Porzellan abgeputzt. Sie sagt nichts darüber, entschuldigt sich nicht, daher glaube ich, daß sie die Bildchen entweder nie gesehen hat oder keinen Zusammenhang zwischen ihrer Emsigkeit und dem Verschwinden der Bilder sieht. Herr Hirschmann, ein sehr seltener Gast, der, wie er mir gesagt hat, nur kommt, wenn es nötig ist, meint, Berta hätte den Polenbonus und sei deshalb von meiner Mutter eingestellt worden, sie sei billig. Billig finde ich sie nicht. Herr Hirschmann macht keinen Hehl daraus, daß er meine Mutter für eine Sklavenhalterin hielt, aber da er sie wiederum billig fand, kam er immer wieder.

Ich traue mich nicht, Berta etwas über die Bildchen auf den Tassen zu sagen, weil sie im Gegensatz zu dem Bonus, den sie bei meiner Mutter gehabt haben soll, bei mir einen anderen hat: Sie ist unverhältnismäßig alt, wohl um die fünfundsechzig, und ich wage es nicht, ihre Arbeit zu kritisieren.

Ich denke, sie könnte mich für unhöflich halten. Vielleicht, so denke ich, geht sie eines Tages von selbst. Sie ist rüstig, sie könnte mit ihrem Leben noch etwas machen. Ferner ist Herr Hirschmann nicht der einzige Gast, dessen einziger Lichtblick Berta ist. Berta entschuldigt sich ständig, außer, wie gesagt, nach dem Wegputzen meiner Bilder von den Porzellantassen. Wenn eine Tür hinter ihr laut zuschlägt oder wenn ich ihr versehentlich auf den Fuß trete, bittet sie um Verzeihung, ebenso wenn ich ihr im zweiten Stock auf dem Flur begegne. Der Flur ist dort wegen des anschließenden Daches so schmal, daß sich beide Menschen, die sich dort begegnen, leicht seitlich stellen müssen, um ohne Berührung aneinander vorbeizukommen. Sie entschuldigt sich auch, wenn sie ein Zimmer betritt, in dem ich bin. Das passiert häufig, jedenfalls empfinde ich es so. Berta riecht nach Vanille, als trüge sie ein Duftbäumchen unter der Schürze, eins von denen, die man im Auto an den Rückspiegel oder in das Badezimmer hängt, wenn man den eigenen Gestank nicht ertragen oder Fremden vorführen mag. Berta arbeitet hastig und daher oft flüchtig – sie eilt, als würde sie ihre Kündigung in den Gliedern rennen spüren, aber das nützt ihr nichts. Und ich, obgleich ich häufig an ihre Kündigung gedacht habe, einzig aus dem Wunsch, mich endlich allein im Haus zu fühlen, kann ihr keine beruhigenden Worte spenden, weil ich allein durch die Erwähnung ihrer Ahnung recht geben würde. Also lasse ich sie an mir möglichst unbemerkt vorübereilen. Es gibt Tage, da ertrage ich den Klang ihrer Schritte nicht, da antworte ich nichts, wenn der Wind eine Tür zuschlägt und sie sich dafür entschuldigt, ich schweige auch, wenn sie sich durch die Stille aufgefordert fühlt, neue Entschuldigungen vorzubringen, oder sich entschuldigt, sobald sie den Staubsauger in Betrieb nimmt. Ich flüchte vor Berta, das ist der Grund, warum sie mich häufig in Zimmern aufschreckt, die für einige Stunden um die Mittagszeit unbewohnt sind.

Viele der Gäste kommen seit Jahren, manche von ihnen regelmäßig zu einer bestimmten Jahreszeit, in einem bestimmten Monat, manche bleiben mehrere Wochen und nur wenige für eine einzige Nacht.

Einer der Gäste, den ich seit meiner Kindheit kenne, ist Anton Jonas. Er trägt ausschließlich schwarze Anzüge, die aussehen, als seien sie an ihm gewachsen, sie rahmen seine Blässe und die Schatten unter den Augen, daß meiner Mutter feierlich zumute geworden ist, als sie ihn zum ersten Mal sah. Das hat sie ihm, Berta und mir, vielleicht auch noch anderen gesagt. Er ist ein eher schweigsamer Mensch, dem nur seltene Augenblicke geeignet scheinen, etwas zu erzählen. Bisweilen kann man den Eindruck haben, er sitzt so still auf seinem Stuhl beim Essen oder wartet scheinbar ohne jede Motivation in dem Sessel neben der Eingangstür, in dem er trotz seiner Größe versinkt, um eben solch einen Augenblick nicht zu verpassen. Er ist ein ständig Wartender, der legt beim Abendessen dann die Serviette von links nach rechts und wieder von rechts nach links, vergißt, seinem Tischnachbarn die mindeste Aufmerksamkeit zu schenken, und spürt selbst bei Fragen desselben nicht, daß er angesprochen wird. Diese Augenblicke, auf die er in den langen Zeiträumen zwischen dem einen und dem nächsten wartet, sind ihm sehr teuer, und er läßt sich in ihnen ungern unterbrechen, so daß sie auch mal zwei, drei Stunden andauern können und er sie gerne noch um weitere Viertelstunden verlängert, wenn die Bitte um Zugabe es ihm erlaubt. Seine Horde von Worten galoppiert erst über aller Köpfe hinweg, um sich sogleich wie ein Netz über die Beisitzenden zu stülpen, an den Hufen der Worte kleben Fäden, das Netz wird fester, ein Mantel, in dem sich die meisten meiner Gäste überaus geborgen fühlen. Mir war er oft eng, so daß ich es seit geraumer Zeit ablehne, ihn länger zu tragen. Die anderen bemerken das nicht, sie schenken ihm unaufgefordert Applaus und berauschen sich an seiner Darbietung, in der er neben Meinungen auch manchen Schenkelklopfer zum besten gibt.

In der freien Zeit dazwischen dichtet Anton Jonas. Diese Tatsache hatte meine Mutter mit einem gewissen Stolz erfüllt, und sie nannte ihn, wenn sie von ihm sprach, ›der Dichter Anton Jonas‹, damit signalisierte sie ihrem Gegenüber, daß von einer wichtigen Person die Rede war, und sogleich hatte sich bei dem ein oder anderen das Gefühl eingestellt, er hätte den Namen schon einmal irgendwo gehört. Um so glücklicher schätzen sich diejenigen, die als Gäste in meinem Hotel seine Geschichten aus erster Hand hören und seine Gegenwart atmen dürfen.

Ich erinnere mich, wie ich den Dichter Anton Jonas kennenlernte. Es war abends und ich hatte in meinem Zimmer gesessen, weil ich vorgeben mußte, Schularbeiten zu machen. Das Abendessen war die Erlösung, der Gong in den Lautsprechern rief nicht nur die Gäste, sondern auch mich. Als ich im Eßzimmer eintraf, saß ein magerer Mann auf meinem Stuhl. Ich sah meine Mutter an, die nichts zu bemerken schien, und weil ich gut erzogen sein wollte, sagte ich nichts und setzte mich gegenüber hin. Meine Mutter, die sich sehr für Dichterei interessierte und besonders gern Kunstkalender mit Spitzwegbildchen und kleinen Sprüchen hatte, war nun sehr neugierig auf den kunstschaffenden Menschen neben sich. Gewöhnlich paßten sich die Gäste dem Interesse ihrer

Herrin, als solche wurde meine Mutter bedingungslos akzeptiert, an und also lauschten auch sie andächtig dem Zwiegespräch, das sich zwischen meiner Mutter und dem mageren Mann entwickelte. Meine Mutter fragte: Und was dichten Sie denn Schönes?

Nichts, sagte der Dichter, ich dichte nichts Schönes. Sehen Sie, das war das erste, was ich auf der Kunstakademie gelernt habe, nichts Schönes mehr dichten zu wollen. Denn erstens sind die schönen Motive die Uninteressanten und zweitens gibt es Schönheit nicht, zumindest nicht in der Kunst.

Ja? meine Mutter vergaß für wenige Augenblicke, den Mund zu schließen, was ihr häufig geschah. Wenn sie sich Mühe gab, mitzudenken, sah sie aus, als würde sie rechnen, sie spreizte ihre Finger und zählte etwas daran ab. So, dann gibt es ja nichts Uninteressantes zu dichten, worüber dichten Sie dann?

Licht. Der Dichter steckte sich einen Rollmops in den Mund und kaute auf dem Fisch, alle beobachteten ihn, sie warteten auf eine Erklärung. Ich beobachtete ihn auch, allerdings war ich noch zu klein, um auf eine Antwort zu hoffen, nicht mal den Beginn des Gespräches verstand ich, ich fand ihn unlogisch und machte mir langsam Gedanken. Als Kind habe ich alles langsam gemacht, ich war etwas dicklich, deshalb blieb mir nichts anderes übrig. Besonders langsam war ich zu der Zeit, als ich Anton Jonas zum ersten Mal begegnete, es war nämlich kurz vor Einbruch der Pubertät und von daher eine Zeit, in der ich besonders dicklich und langsam wurde, zumindest nach außen hin. Der Dichter erklärte, er würde Erklärungen nicht mögen, deshalb wollte er nicht weiterreden. Heute bin ich mir sicher, so wie ich Anton Jonas kenne, daß er auch das nur gesagt hat, um unsere Neugierde zu schüren. Keiner von uns hatte bislang mit einem Dichter gesprochen, er war unser aller erster und wußte das. Ich glaube, die Gäste und allen voran meine Mutter drängten ihn sehr. In seiner Not fiel sein Blick auf mich.

Nun, Kleines, du hast doch sicher auch schon ein Gedicht geschrieben?

Mir wurde sehr heiß, aber ich vergaß nicht, eifrig zu nicken. Es freute mich, daß einer Notiz von mir nahm, und daß er ein wichtiger Dichter war, beglückte mich zusätzlich. Meine Mutter sah mich an, Skepsis ließ sie die Brauen verziehen, sie lachte und legte mir ihre Hand in den Nacken, sie sagte, ich bräuchte doch nicht erröten, und gab bekannt, daß sie von den Schreibseleien ihrer Tochter noch nichts gewußt hatte. Meine Mutter sprach sich gerne selbst unschuldig, gerne auch vorab.

Geh, und zeig uns dein Gedicht, sagte der Dichter zu mir, und ich fühlte mich ermutigt, legte die Serviette beiseite und rannte hinauf in mein Zimmer. Ich holte ein kleines, in Stoff geschlagenes Buch, in dem ich bereits alle Seiten numeriert und auch ein Inhaltsverzeichnis angelegt hatte. Eine Seite hatte ich schon vor längerer Zeit beschrieben. Das Gedicht hatte den Titel »Hundeglück«, und nachdem ich eine kurze Pause hinter dem Titel gelassen hatte, wie in der Schule gelernt, begann ich hastig zu lesen:

Ein Hündlein lief alleine durch den Wald
Es hatte bitter Angst und ihm war kalt
Da sah es in der Ferne ein Lichtlein brennen
Und begann sofort drauflos zu rennen
Als es ankam war es sehr glücklich
Denn ein Huhn hing überm Feuer und roch vergnüglich

Ich klappte in wohlerzogener Verlegenheit mein Buch zu und wartete den Applaus ab, der freundlich war und den mir selbst meine Mutter aus Gesellschaft schenkte. Naja, sagte meine Mutter, alle wendeten sich von mir ab und wieder dem Dichter Anton Jonas zu, und meine Mutter wollte beginnen, eine Erklärung für mein Gedicht zu finden, da sagte Anton Jonas: Und? Haben Sie etwa das Licht gesehen? Haben Sie? Haben Sie nicht, und ich will Ihnen verraten, warum nicht. Der Dichter reimt heutzutage erstens nicht mehr, was ein Kind natürlich nicht wissen kann, zweitens aber, und das erscheint mir wichtiger: Ein Dichter würde niemals Lichtlein sagen, wenn er Lichtlein meint.

Sie reden immer drumherum? fragte eine junge Frau, und Anton Jonas zeigte mit dem nackten Finger auf sie. Er sagte: Richtig. – Als wären wir in der Schule beim Ratespiel, ich haßte ihn fortan. Den Rest, den er von sich gab, hörte ich nicht mehr. Ich beeilte mich, unbemerkt aus dem Eßzimmer zu verschwinden. Tränen der Schande und Verzweiflung liefen über mein Gesicht. Ich hatte mich selbst zum Huhn gemacht. Ich nahm mir aus dem Gäste-WC, das direkt neben meinem Zimmer lag, die Rolle Klopapier, die zum Nachfüllen auf der Fensterbank stand, und verkroch mich mit ihr ins Bett, ich schneuzte lang. Ich dachte an viele Dinge, die mich noch mehr und immer wieder neu zu Tränen veranlaßten. Besonders beherrschte mich die Empörung, daß Anton Jonas es gewagt hatte, mich Kind zu nennen, obgleich ich keines mehr war, sehr unpassend, wie ich fand. Ich hätte ihm gerne gesagt, daß in meinem Gedicht mit Lichtlein auch kein Licht, sondern ein Feuer gemeint war, aber ich fürchtete mich vor der Ansammlung fremder Menschen, die unten im Eßzimmer lachten und johlten, ich fürchtete auch meine Mutter, die mir fremd erschien. Ich beschloß, mich nicht der Meinung von Anton Jonas anzuschließen. Ich wollte nicht den für einen Dichter halten, der immer drumherum redet, und wollte erst recht keine Dichterin werden. Ich halte Anton Jonas seither für einen Lügner, leider für einen schlechten. Tatsächlich liebt Anton Jonas seine Erklärungen und wird ihrer nicht überdrüssig.

Heute muß ich an ihn denken, das ärgert mich, denn er hat sich für die letzten Tage im September, den ganzen Oktober und den halben November angemeldet. Er hat ein Fax geschickt, mit dem er angekündigt hat, daß er heute kommen würde. Ich mag es nicht, ihn zu empfangen, ich ahne, wie das sein wird.

Eine Frau, deren Namen ich mir nicht merken kann und die ich deshalb in Gedanken Spätmutter nenne, schreitet die Treppe herunter. Sie gastiert mit zwei kleineren Kindern. Die Kleinen laufen hinter ihr. Sie selbst ist etwa Mitte vierzig, der Junge in der Vorschule, vermute ich, und das Mädchen etwas älter. Die Spätmutter übt Zurückhaltung, sie redet nur das Nötigste mit mir. Sie spricht leise und ohne jeden Akzent. Ihre Zurückhaltung läßt sie auch ständig die Kinder ermahnen, sich ebenso wie sie, und zwar tonlos, zu bewegen. Die Kinder haben das noch nicht richtig gelernt, besonders das Mädchen macht alles falsch. Es möchte auf dem Treppengeländer nach unten rutschen, das sehe ich ihm an, und am liebsten würde die Kleine ihr kleines Brüderchen dazu anstacheln, es ihr nachzumachen, vielleicht schubst sie es sogar vor. Sie hüpft an dem Geländer entlang und streicht über das Gerüst. Die Spätmutter schreitet, davon kann sie nichts abbringen, und sieht eben nach rechts, hinter sich, wo sie das Mädchen straft, und dann nach links, wo sie nach der

Hand des Jungen greift, um ihn vor dem schädigenden Einfluß seiner Schwester zu schützen. Das Mädchen turnt einen halben Schritt hinter der Spätmutter, will dann auch ihre Hand fassen, die es aber nicht bekommt. Das Mädchen kennt das Verhalten ihrer Mutter, es weint nicht, ist auch nicht laut enttäuscht, gibt sich lediglich Mühe, nun ordentlich hinter ihr herzulaufen. Sie sind am Fuß der Treppe angelangt und gehen an mir vorüber. Die Spätmutter wendet ihren Kopf während des Schreitens ganz leicht zu mir hin, nickt und schreitet zur Tür hinaus. Das Mädchen hat sich auch kurz getraut, zu mir hinzukucken, muß dann aber einen Schritt schneller gehen, um den Anschluß an seine Mutter nicht zu verpassen.

Ich feile meine Fingernägel und schiebe die Haut zurück. Madame hatte einmal erschrocken zu mir gesagt: Kind, du leidest ja an Liebesmangel, du knabberst an den Nägeln!

Das wollte ich mir nicht zweimal sagen lassen und habe damit aufgehört. Es stört mich, zu wissen, daß Madame intime Gedanken über mich hegt. Ich schlage die Beine übereinander. Es ist zwei Uhr dreiundzwanzig. Anton Jonas ist vor einer halben Stunde gelandet. Der Koch, seit einer Woche ist wieder ein neuer hier, hat mir aufgetragen, noch Haifischfilets zu kaufen. Der hat muntere Ideen, ich werde ihn wohl auch nicht lange behalten können. Ich soll auch Schalotten und frischen Estragon kaufen. Ich weiß nicht, wo ich überall hinmuß, um so was zu kriegen. Ich will nirgendwohin. Weil er mir sportlich erscheint, schlug ich ihm vor, selbst diese Dinge zu erledigen, immerhin bezahle ich ihn eigentlich auch dafür. Das verstand er nicht, er meinte, für Botengänge ließe er sich weder einstellen noch bezahlen. Er würde sich hier nicht auskennen, sei doch erst zugezogen.

Vielleicht, sagte er, und zwinkerte mit einem Auge, leiste

ich dir mal Gesellschaft beim Einkaufen. Ich habe ihm das Du nicht angeboten.

Die Tür geht auf, die magere Gestalt tritt ein, er stolziert nicht mehr wie früher, als er noch meine Mutter beeindrucken konnte, Anton Jonas schleppt sich.

Sie wünschen? frage ich ihn, er antwortet nicht, stellt seinen Koffer vor meinem Empfangstisch ab und blickt sich um, als hätte er mich weder gesehen noch gehört – sein Blick geht über mich hinweg zur Treppe, die in die beiden oberen Stockwerke führt, dann wieder zurück zu mir, als falle ihm erst jetzt auf, daß ich hinter dem Empfangstisch stehe. Er nickt. Berta kommt die Treppe herunter, sie lächelt und klatscht die Hände zusammen, um ihrer Freude Ausdruck zu verleihen. Anton Jonas kennt sie seit seinem ersten Besuch bei uns. Er gibt ihr die Hand, erkundigt sich nach dem Wohlergehen, gut, gut, sie sich nach seinem, bestens, man lacht über das Wetter, es geht einem gut, und er fragt nach dem Schlüssel. Sie kommt um meinen Empfangstisch herum, schiebt mich ein wenig zur Seite, um mit ihrer Hand an das Schlüsselbord zu reichen, entschuldigt sich leise, lächelt immerzu vor sich hin und wackelt mit dem Kopf, nickt vielleicht, während er von der Beschwerlichkeit seiner Reise erzählt. Sie bückt sich und will seinen Koffer nehmen, aber er verbietet es ihr. Er sagt: Berta, meine Gute, ich sehe vielleicht nicht kräftig aus, habe aber bestimmt mehr Kraft als Sie. Dazu lacht er aus vollem Hals und läßt sie nur das lederne Täschchen nehmen, in dem er gewiß seine Zeilen transportiert. Sie geht voran, und er folgt ihr.

Früher, wenn meine Mutter mich einkaufen schickte, genoß ich es, aus dem Hotel rauszukommen, mit einer Aufgabe in der Hand, mit dem Gefühl, nützlich und brauchbar zu sein, lief ich zur Brücke, dann ein gutes Stück neben ihr, dort, wo sie immer flacher wird, ich zählte jedes Mal alle drei Pfeiler, der letzte kaum größer als ich, und schließlich, wo die Brücke ganz in die Straße eingeebnet ist, überquerte ich sie an der ersten Kreuzung mit Ampel und ging zu Frau Meyer, die mich kannte und für mich den Einkaufszettel las, mit meiner Hilfe die Sachen im Laden zusammensuchte und mir das Geld abnahm. Wenn ich zurückkam, war ich sehr stolz, ich hatte etwas vollbracht. Heute hat sich alles verändert. Ich gehe nicht mehr zur Brücke, ich laufe querfeldein, da hat man vor wenigen Jahren einen Park angelegt, durch den ich gehe, zügig, und gehe nicht an der Ampel über die Straße, sondern zehn Meter weiter, weil das kürzer ist und die Ampel zu lange braucht, bis sie grün wird. Im Supermarkt treffe ich Leute, die ich nicht treffen mag, sie fragen mich, wie es geht, ich will ihnen nicht antworten, ich habe Angst vor ihnen. Ich habe Angst vor den Verkäufern, die andere sind als früher, die sich nicht mehr in ihrem Laden auskennen – wie einst Frau Meyer, die Selige – und mir nicht mehr helfen können, vielmehr schleichen sie unauffällig hinter mir her, beobachten, wie ich eine Schachtel Cornflakes aus dem Regal nehme, sie dann wieder zurückstelle und wie ich ratlos vor den Sardinendosen stehe, überlege, ob ich welche nehmen sollte. Dann vor den Kräutern, ich finde kein Estragon, fasse ich einen Petersilienstengel an, und der blasse kleine Mensch hinter mir pirscht sich heran, räuspert sich und sagt, er sagt es zaghaft, aber ohne Warnung, ich sollte die Petersilie nicht anfassen, ich sage ihm, ich wollte sie kaufen, er sagt mir, ich sollte ihm meine Taschen zeigen. Ich sage zu ihm, ich hätte ihn noch nie gesehen, wieso ihm meine Taschen zeigen? Er sagt, das wüßte ich genau, und will mir helfen. Nein, nein, das mache ich allein, ich kenne das, man verdächtigt mich häufiger des

Klauens, besonders in diesem Laden, der ständig seine Angestellten wechselt und jeder von neuem in mir die Diebin zu erkennen glaubt, bitteschön, dankeschön, jetzt läßt er mich in Ruhe, ich halte die Petersilie noch in der Hand, mein Herz klopft, als hätte ich etwas falsch gemacht, ich bin ganz aufgewühlt und rot dabei geworden, sie ärgern mich, sie ängstigen mich, ich will schnell in mein Hotel zurück. Auch wenn ich über die Straße will, ist mir nicht behaglich, die Autos, in denen Menschen sitzen, die ich mal gekannt habe, als ich klein und noch Schulkind war, die heute hupen, weil sie meinen, mich noch immer zu kennen, die fürchte ich, die fragen mich, was aus mir geworden sei, wo ich wohnen würde, was ich machen würde, ob ich verheiratet sei, die Fragen stören mich, die mag ich nicht. Ich mag Einkaufen nicht mehr.

Bei meiner Rückkehr treffe ich vor dem Haus zwei junge Leute, die wohl noch nie hier waren und nicht wissen, daß man nur von der Seite ins Haus kommt. Der Mann hat seinen Rucksack abgestellt und trägt jetzt nur noch einen roten Aktenkoffer in der Hand, er rüttelt an der ehemaligen Eingangstür, hinter der das Eßzimmer liegt. Die junge Frau läuft um das Haus herum und kommt wieder. Sie ruft ihm zu, sie habe den Eingang gefunden, so daß er aufgeben und die flache Treppe herunterkommen muß. Ich gehe hinter ihnen hinein und schließe die Tür. Ich stelle die Einkäufe auf den Sessel neben die Tür und frage, ob ich ihnen helfen kann. Ja, sagt sie und dann auch er, ja, wir würden gerne mit jemandem von der Rezeption sprechen, wir haben ein Zimmer bestellt. Ich frage sie, ob sie Frühstück oder Abendessen mögen. Sie mögen beides, das Frühstück ans Bett. Ob ich mit dem Gepäck helfen soll? Nein, nein, das wollen sie lieber selbst nehmen, und ich drücke ihnen den Schlüssel in die Hand, erster Stock.

Der Einkauf ist etwas anders ausgefallen, ich habe Forellen und Petersilie gekauft, das muß ihm reichen. Der Koch ist noch nicht da. Er arbeitet jetzt seit einer guten Woche hier und ist jedes Mal zu spät gekommen, ich sollte ihn zwischen dem Frühstück und dem Abendessen nicht mehr fort lassen. Ich werde ihm das Geld am Monatsende abziehen müssen, falls er überhaupt so lange bleibt. Es klingelt, Madame ruft nach mir. Sie liegt noch im Bett, hat aber ausgeschlafen und erkundigt sich, ob der Dichter Anton Jonas schon angekommen sei. Ja, das ist er. Ich soll die Vorhänge aufziehen und ihr helfen, ins Bad zu kommen. Da hat sie sich einen Stuhl vor das Waschbecken stellen lassen, zu dem sie gebracht werden möchte. Daß ich ihr nun die Haare unter den Achseln rasiere, möchte sie. Ein wenig zurechtgemacht will sie für den Dichter Anton Jonas sein, ich soll mir auch mal ein Kleidchen anziehen, nie hätte ich ein Kleidchen an, ich wolle wohl nicht gefallen. Sie hält mir den Rasierer hin, damit ich endlich anfange. Vielleicht möchte sie sich vorher noch die Achseln waschen? Ach nein, sagt sie, das brauche sie nun nicht, und hält den rechten Arm hoch, damit ich endlich anfange. Ich mache es mit Schaum, der überdeckt ihren Geruch. Der Schaum ist weich und glitschig, die Klinge nicht scharf genug, sie sagt, es würde ziepen. Sobald ich fertig bin, meint sie, ich hätte es nicht gut gemacht, ich hätte es, wenn sie genau überlegt, noch nie so richtig gekonnt, schließlich sei ihre Haut früher, als sie es sich noch selbst machte, nach dem Rasieren stets babyglatt gewesen, heute sei alles stoppelig, nein, ich könne das wohl nicht. Ob ich selbst meine Achseln nicht rasiere?

Doch, behaupte ich, jeden Tag, aber Ihre Haut, wenn Sie verzeihen, Madame, ist faltig, da kann man nicht mehr glatt rasieren. Sie entscheidet sich, mich für humorvoll zu halten, und lacht so lange wie nötig, sie lacht wie eine Robbe, wenn Robben lachen können. Anschließend wirft sie mir über den Spiegel einen trägen Blick zu und seufzt. Frech, sagt sie, sei ich auch schon immer gewesen, das ist aus ihrem Mund kein Lob. Schwarze Tusche und Lippenstift sind in ihrer Kulturtasche, damit ließe sich doch einiges anfangen, ich bringe ihr beides. Ob ich mal versuchen will? Sie hat knotige Lippen. Früher habe ich mir gewünscht, Maskenbildnerin zu werden, daraus wurde nichts, weil meine Mutter so früh starb und ich das Hotel geerbt habe. Meine Mutter ist schuld. Dafür darf ich jetzt Madame schminken, das macht sicher Spaß. Ihre Lippen zittern, und ich wackele ein wenig, aber das läßt sich mit dem Taschentuch korrigieren. Sie betrachtet sich und tut so, als sei sie erschrocken.

Aber Kind, du siehst wohl meine Lippen nicht? Sie nimmt mir den Stift aus der Hand und geht selber ans Werk, zieht kräftig nach, so muß das aussehen. Ihr Mund ist jetzt doppelt so groß. Nein, die Wimpern soll ich nicht tuschen, das sei eh noch zu früh, erst müßten sie geklebt werden. Da ich nicht zusehen will, wie sie die Wimpern wieder und wieder im Waschbecken verliert, helfe ich ihr, auch wenn ich es nicht richtig mache. Tuschen will sie dann doch allein. Ich könne ihr ein kleines Glas einschenken, das steht drüben auf der Kommode, die Flasche daneben. Jedes Mal, wenn sie mich um ihr Gläschen bittet, sagt sie, ihr Kreislauf brauche das. Das interessiert mich nicht. Ich bringe ihr das Glas. Sie ist besonders vorsichtig, wegen dem Lippenstift, es läuft ihr wieder etwas auf den Busen, sie merkt es nicht, ich auch nicht, denke ich und drehe mich, um ihr den Kamm zu reichen.

Es hat sicherlich eine Stunde gedauert, bis sie fertig ist. Sie möchte noch fernsehen, bis zum Abendessen, ich kann sie dann abholen, wenn es soweit ist, ach, und die Vorhänge soll ich wieder zuziehen. Ich gehe hinunter, erst in die Küche, um nach dem Koch zu sehen, dann auf meinen Platz hinter dem Empfangstisch. Der Koch sagt, ich hätte ihn wohl falsch verstanden, und schickt mich gleich ein zweites Mal einkaufen, er meint, er würde gern mal mit mir einkaufen gehen, dann könne er mir auch was über Fische und Kräuter erzählen, denn er will nicht annehmen, daß ich geizig sei, aber ich würde in der Küche im Weg stehen, raus mit mir.

Der Koch ist auf Kuba geboren, sagt er, ich glaube ihm nicht, weil ich immer dachte, Kubaner könnten kochen. Es ist ein Jammer, sage ich zu ihm, als ich ihm die Haifischfilets, nach denen ich Berta geschickt habe, auf den Tisch lege, alles wird immer schlechter, besonders deine Fische. Er sieht mich an, zeigt sich erstaunt und sagt, das andere hätte ich ja noch gar nicht versucht. Ob ich mal kosten wolle? Er öffnet seine Hose und greift nach meiner Hand. Das habe ich nicht erwartet. Danke, ich bedanke mich, das Jammern kostet mich viel Anstrengung, genug jedenfalls, es wird alles immer schlechter, ein einziges Jammertal. Er gibt mir meine Hand zurück und schließt seine Hose. Er bedauert mich wenig, dafür sich um so mehr und fiept wie ein junger Hund, einer, der das Huhn hängen sieht, sich aber nicht ans Feuer traut. Ich sage ihm, ohne Liebe nicht, erst Liebe, dann Huhn. Er sagt, Liebe ja, Huhn ja, aber Liebe nicht lange, weil er nie wisse, wie es weiterginge, so nach einer halben Stunde, und wenn er dann was sagen soll, von dem er nicht weiß, was es ist, dann mache er sich noch Sorgen und hätte recht unangenehme Schuldgefühle.

So? Ich klopfe ihm auf die Schulter, soweit werde es nicht kommen. Ich seufze, soll ich dir sagen, was du sagen sollst?

Nein, sagt er, das ginge auch nicht, denn schließlich müsse er das wohl selbst wissen, überhaupt, er richtet sich auf, für wen ich ihn halte, für wen oder was? So knusprig sei ich nun nicht. Ja, er sagt auch, es täte ihm leid, mir nicht mehr sagen zu können, das sei alles.

Ich habe ja gar nichts gewollt, jetzt klage ich, die Zeiten würden immer schlechter. Er sagt, er mochte jammernde Menschen noch nie, er mag starke Menschen, die wüßten zu trauern, aber mein Gejammere sei entsetzlich. Das ist mir peinlich, ich will ihn doch nicht belästigen. Schließlich gibt es viele, die mögen das Jammern im Chor, die schließen sich gerne an, aber bitte, wenn er nicht will, was darf es sonst sein? Er schiebt mich zur Seite, um die Fische in den Ofen zu legen, das hätte er mir doch schon gesagt, ich solle mich nicht so blöd anstellen. Da stehe ich rum, meine Arme hängen ohne Nutzen von den Schultern runter, ich bin zu gar nichts gut, wie schade, daß sich daran nun mal nichts ändern läßt. Ich zucke mit den Schultern. Das will er gar nicht mehr wissen, ich zucke noch einmal mit den Schultern, könnte ja sein, er hat es nicht bemerkt, aber er schickt mich zum Einkaufen, es fehlen zwei Filets, weil das junge Pärlein ja mitessen will.

Die Straße ist dreckiger, die Menschen häßlicher, die Tage dunkler und der Fisch teurer, ja sieht denn so einer aus Kuba nicht, wie immer schrecklicher es wird? Na, er wird schon sehen, da kürze ich ihm doch den Lohn, ich sage ihm, sein Fisch, der schmeckt mir nicht. Ich schmiede Pläne, er soll noch sehen, und wenn er mich nicht lieben lernt, dann eben fürchten. Ich bin wütend. Berta soll gehen, den Fisch holen.

Kurz nach sieben fange ich selbst an, den Tisch zu decken, Berta entschuldigt sich, weil sie mir hilft, aber das macht gar nichts, Berta, machen Sie den Rest allein. Sie nickt, entschuldigt sich. Seit den Tassen glaubt sie wohl, ich könnte nicht befehlen. Doch, auch wenn sie sich noch so oft entschuldigt. Ich gehe hinter meinen Empfangstisch und drücke den Knopf, der den Gong läuten läßt. Ich habe den jungen Leuten, dem Pärlein in meinem Alter, extra gesagt, sie sollten darauf achten, der Gong, den würden sie dann schon erkennen, der ruft zum Abendessen. Nun, wollen doch mal sehen, was der Koch so verträgt.

Ich steige die Treppen hinauf, klopfe, öffne die Tür und trete langsam ein. Ihre Augen sind geschlossen, das Glas hängt ihr auf der Brust, ich schalte den Fernseher aus. Das Fenster steht offen, ich gehe langsam hinüber. Eine Taube sitzt auf dem Fensterbrett, gurrt, ich scheuche sie davon, schließe das Fenster leise und drehe mich zu Madame um. Ich lächle ihr ein falsches Lächeln entgegen.

Gut sehen Sie aus, Madame Piper, sehr gut, Sie haben den Schmelz der Jugend, das ist doch immer wieder erstaunlich. Sie dankt. Ich nehme ihr das Glas ab. Der Whisky hat sie etwas aufgemuntert, sie setzt sich ganz alleine auf und tastet mit dem rechten Fuß nach dem Pantoffel, blinder Fuß, Madame nennt sich selbst Tölpel, ich widerspreche nicht, hat sich mit beiden Armen auf dem Bett abgestützt, die Matratze hängt durch, sieht fast aus, als sitze sie am Boden, kein Wunder, daß ihr Fuß nicht fündig wird. Ich lasse sie suchen, ich habe Geduld. Wollen Sie noch einmal in den Spiegel sehen? O ja? Ich strecke ihn ihr entgegen, sie scheint den Pantoffel gefunden zu haben und zieht ihn an. Sie schiebt den Spiegel beiseite, ich solle ihr helfen, und das mache ich auch. Die Handtasche soll ich ihr noch reichen. Eins, zwei, drei, geschafft, sie steht mit mir, hält sich an mir fest, so kommt sie in meinem Schlepptau aus ihrem Gemach, sie läuft mit mir Stufe für Stufe herunter, auf jeder Stufe warte ich einen Moment, damit sie Luft schnappen kann.

Unten steht der Dichter Anton Jonas, er schwatzt vor dem Eßzimmer, er hat Zuhörer gefunden, zwei junge Männer, die stolz sind, ihn zu treffen. Hartwig, der Sohn vom Tischler, und Ivo, sein Freund. Hartwig und Ivo wohnen auf der anderen Seite der Bucht, wo sie studieren können. Sie studieren aber wenig und arbeiten ein bißchen nebenher, deshalb sind sie gerade hier in der Gegend. Sie sind beide noch zart, haben sehr helle Haut und noch keinen deutlichen Bartwuchs. Sie hegen sofort eine Bewunderung für Anton Jonas, er ist ihr erster Dichter, den sie persönlich kennenlernen. Sie bleiben nur über Nacht, deshalb glühen die Ohren von Ivo, dem Blonden und Jüngeren, dem es ein Abenteuer ist, mit Hartwig hierhergekommen zu sein und dabei geradewegs auf einen Dichter zu stoßen.

Der Dichter Anton Jonas! ruft Madame aus, läßt meinen Arm los und eilt ihm entgegen, der Whisky hilft ihr offenbar auch beim Laufen.

Madame! Der Dichter fängt sie auf und küßt ihr auf beide Wangen und läßt die Frischlinge stehen, die noch mit Neugier seine Begrüßung verfolgen. Nichts geht über seine alte Freundin, findet Anton Jonas, sie setzen sich nebeneinander. Ich setze mich an das andere Ende des Tisches, Ivo, dessen Ohren noch immer glühen, vertraue ich an, daß ich laute Menschen nicht mag. Ivo nickt, er hat mich nicht angesehen, nur gehört, daß irgend jemand irgend etwas gesagt hat. Wie ich sehe, hat er einen Schal in der Hand, der ihm zu schaffen macht. Er geht zum anderen Ende des Tisches und reicht Anton Jonas seinen Schal.

Den haben Sie eben verloren.

Anton Jonas dankt, er erlaubt dem Frischling, neben ihm Platz zu nehmen. Hartwig folgt ihm, ich sitze allein. Die Spätmutter mit den beiden Kleinen setzt sich schweigend, der Junge neben Madame, dann die Mutter und auf die andere Seite das Mädchen, das nicht mit den Beinen zappeln soll. Vielleicht mag Berta heute mitessen? Ja? Vielleicht, eine Kleinigkeit, für die sie sich auch entschuldigt und ebenfalls am anderen Ende Platz findet. Macht nichts, ich bin es gewohnt, alleine zu essen. Der Koch ist etwas eitel, er kündigt seine Gänge mit einem Glöckchen an. In der einen Hand die Suppenterrine und in der anderen das Glöckchen, das hat er sich selbst mitgebracht, ich habe ihm jedenfalls keins gegeben. Er strahlt, und weil Madame klatscht, klatschen auch die anderen. Er hat Erfolg. Er schöpft, der Dame zuerst, der Ältesten, sie dankt und lobt seine Geschicklichkeit. Es sind einige Stühle frei zwischen mir und den anderen. Er kommt zuletzt zu mir.

Sie wollen alleine sitzen? fragt er, denn so muß es ihm vorkommen. Dann läßt er mich besser auch gleich wieder in Ruhe. Seit wann siezt er mich? Bin ich ihm in Gegenwart anderer fremd? Oder möchte er den Anschein erwecken? Er trägt die Terrine in die Küche zurück.

Was denn so Neues erschienen wäre? fragt Madame ihren Dichter, und der sagt: Ach wissen Sie, meine Gute, es wird ja nichts leichter. Er holt weit aus, erzählt von einem geplatzten Vertrag und daß es Berufler gebe, die vorgezogen würden. Man interessiere sich doch mehr für Heimhandwerker und Strickmustererfinderinnen, die machten das große Geld, die würden viel verdienen. Die Mutter nimmt ihre beiden Kinder an die Hand, sie haben genug gegessen, sie völlen nicht wie die anderen und ich, da bleibt die Hälfte übrig, manchmal mehr, aber ein Dank, wenn auch nur knapp, die Kinder, klaps, gehen hinter ihr her, sie müssen ins Bett. Er wird immer lauter und böser, Anton Jonas, bis Madame ihn unterbricht. Nun, er solle sich nicht aufregen, es ginge uns allen ja schlechter, ihr auch. Aber Anton Jonas mag ihr nicht zuhören und hält einen Vortrag über die Unverschämtheit, die Schmach, daß ein Dichter wie er einfach nicht beachtet werde. Da sich die meisten der Anwesenden schon vor Jahren seiner Wichtigkeit versichert haben, fällt es keinem schwer, ihn zu bemitleiden. Nicht nur das, sondern sie finden zusätzliche Ungerechtigkeiten, daß sich auch Autozeitschriften und billige Frauenzeitschriften noch besser verkauften als Gedichte!

Genug, genug, sagt Anton Jonas, als er fürchtet, daß die Unterhaltung zu sehr von ihm wegführen könnte. Er nämlich, und das sei die wahre Schande, hätte sich ja immer sehr bemüht, er habe viel Fleiß und Zeit in seine Arbeit investiert, er habe, wenn man so wolle, alles richtig gemacht, vorschriftsmäßig, ja, er freut sich über sich, wie im Bilderbuch, sogar mit Diplom. Dann wird er ernst, damit ihn keiner falsch verstehe, und er wolle Hartwig und Ivo nur sagen, sie sollten sich das Leben nicht einfach vorstellen. Auch sie werde es noch beizeiten erwischen, denn keiner bliebe verschont. Ivo hält sich zurück, kippelt sogar ein wenig auf seinem Stuhl, weil er nicht ganz so nah am Tisch sitzen mag. Hartwig und Ivo sehen einander an und bestätigen mit einem Nicken, was sie schon seit einiger Zeit ahnen. Der Dichter Anton Jonas spricht ihnen einfach aus der Seele.

Sie treffen den Kern, so ist es, ich würde Sie gern einmal meinem Vater vorstellen, der glaubt mir nämlich nie.

Meiner auch nicht, sagt Ivo, und leise setzt er hinzu, sein Vater glaube auch nicht an Dichter.

Es geht Ivo wie mir, er wird überhört, das gönne ich ihm nicht, läßt er mich doch allein sitzen und hat es nicht verdient, Leidensgenosse zu werden. Hartwig möchte auch mal etwas aus seinem Leben erzählen: Daß ihm oft auf der Seele läge, daß er einen Sohn hat, von einem Mädchen, das zwei Jahre älter ist als er, also inzwischen dreiundzwanzig. Hartwig sagt: Ich habe das Kind nicht gewollt, aber ich war in das Mädchen verliebt und wollte ihr keinen Wunsch abschlagen. Hartwig räuspert sich. Der Koch bringt den Fisch. Er erntet frischen Erfolg. Und Anton Jonas, der meint, es sei jetzt daran, steht auf. Er spricht einen Toast aus, daß wenigstens die Fische noch zu ihm hielten, auf alte Werte, und wie gut es doch sei, daß einer noch kochen könne, er hebt sein Glas, die anderen ihm nach, und trinkt. Es ist doch schade, daß der Koch nicht gehört hat, wie gern Anton Jonas mit den anderen jammert. Das hat Tradition in meinem Hotel, kein Wunder, daß ich mich selbst daran gewöhnt habe. Die Schuldfrage läßt sich auch hier schnell klären. Hartwig räuspert sich wieder und möchte dringend weitersprechen. Jetzt sei er froh, sagt er, so unter Leuten, da könne er mal reden, denn es sei so, daß er mit dem Sohn, wenn er ihn ein Wochenende unter Aufsicht habe, nicht wisse, was er sprechen soll. Das sei schon immer so gewesen und er könne sich auch nicht vorstellen, wie es mal anders sein soll. Ja, sagt er, er führe ja auch keine Selbstgespräche und auch, als er noch einen kleinen Hund besaß, hätte er mit dem nicht gesprochen. Und nun, wo ein Baby oder inzwischen ein kleiner Junge da sei, falle ihm auch nichts ein, er komme sich schlicht blöd vor, etwas zu erzählen oder zu sagen. Hartwig räuspert sich. Der Junge, den Sohn meint er, habe sich auch darauf eingestellt und würde ebenfalls nicht mit ihm reden, obwohl er es angeblich könne, reden, das behaupte zumindest die Mutter. In die Mutter, er räuspert sich, sei er inzwischen längst nicht mehr verliebt, wenn er es sich genau überlege, sei er es wohl auch nie gewesen, hätte nur gedacht, daß er es wäre.

Ich habe inzwischen ein kleines Stück von dem Fisch gegessen, den Rest will ich liegenlassen, der Koch soll sehen, daß er mir nicht schmeckt. Ich würde ja gern gehen, hätte gern etwas Wichtiges zu tun, aber mir fällt nicht ein, was das sein könnte. Das Lachen wird laut, man zeigt sich locker. Madame Piper erzählt aus alten Zeiten, wie sie noch mit meiner Mutter zum Tanzcafé ging. Sie sagt, meine Mutter sei eine so schöne Frau gewesen, so edel und gut, daß die Männer recht daran getan hätten, an ihrem Rockzipfel zu hängen. Ich habe bereits alle Geschichten von Madame mehrmals gehört, sie sind ein wenig starr geworden, Madame macht sich nicht einmal die Mühe, neue Worte zu finden.

Das junge Paar, das heute nachmittag den Eingang zum Hotel nicht gleich gefunden hatte, kommt herein, es stellt sich vor, er sagt Elisabeth, und sie sagt Niclas, es setzt sich, es greift zu der Karaffe und lacht sich an, er darf vor und schenkt ihr ein, sie grinst ihm zu, was keiner sehen soll. Ihre Haare stehen wild zu Berge, vielleicht ist der Pulli, den sie trägt, aus Plastik, ihre Haare jedenfalls sind elektrisch, und auch ihr Gesicht glüht. Sie grinst ihm wieder zu, und alle anderen bemühen sich, nicht hinzusehen. Er sagt, wir sind etwas spät, aber es reicht für das Dessert. Sie nehmen sich jeder ein rundes Töpfchen, löffeln Mus und kauen auf den Kirschen, die

Kerne haben, das weiß ich, die sie schlucken und dabei Madame Piper lauschen. Niclas erscheint das Zuhören bald eintönig, und so bringt er je nach Punkt und Komma seinen Kopf in Bewegung, er nickt, mal heftig, mal zögernd, kann sein, er schluckt nur Kirschkerne.

Anton Jonas ist ganz in sich vertieft, er ist ein Denker, und Denker müssen sich manchmal auf sich besinnen. Er beißt auf seiner Zigarre herum, das ist wichtig und sieht auch verwegen aus. Einmal hat mir Anton Jonas ganz offen ins Gesicht gesagt, er empfinde ein gewisses Mitleid für Menschen wie mich, die keine Kunst betrieben, wir seien so sehr arm, so ohne Leidenschaft und Besessenheit. Das mache ihn manchmal ganz wild vor Verzweiflung. Er dachte wohl, er müsse besonders große Worte benutzen, damit sie in mein einfaches Gemüt dringen könnten. Ich wollte ihn daran erinnern, daß ich immerhin auch schon mal ein Gedicht geschrieben hätte, wie er wohl wüßte. Er fügte hinzu, es mache ihn rasend, und als er rasend sagte, klingelte das Telefon, was ihn erschrecken ließ, und sein Ellenbogen berührte ganz leicht die Blumenvase mit den Lilien. Sie fiel nicht hinunter, nur der eine Stengel, der schon vordem leicht schief hing, schwankte auf und ab. Ich konnte in aller Ruhe meinen Arm ausstrecken und den Hörer abnehmen. Wie ich ranging, bemerkte ich aus dem Augenwinkel, daß er sich davondrückte. Es störte ihn auch, daß ich mich unempfindsam für sein Mitgefühl zeigte. Das hat mich unwürdig gemacht. Seither versucht er nicht mehr, mit mir Gespräche über Kunst zu führen. Da ihm Gespräche über andere Belange des Lebens mit der Zeit etwas mühsam geworden sind, hat er die Unterhaltung mit mir ganz eingestellt.

Nach einer guten Stunde, der Koch hat meinen Fisch

ohne Nachfrage abgetragen, das Dessert ist bereits verspeist, und ich habe noch immer keinen genauen Grund gefunden, warum ich hätte aufstehen und gehen können, erzählt Madame auch wieder, diese Wendung deutet häufig auf die Erschöpfung ihres Repertoires hin, wie wenig Ähnlichkeit ich doch mit meiner Mutter hätte. Sie ermahnt Ivo, der solle nicht kippeln, das mache sie nervös, dann spricht sie weiter. Ich würde ja nun eher zu den schlichten Menschen gehören, das möge auch an den Hosen liegen, die ich immer trüge. Sie habe mir schon öfter nahegelegt, zuletzt heute nachmittag, mir doch ein Kleid anzuziehen. Sie würde mich ja so gern ein wenig sauber und gepflegt sehen. Immerhin, soviel sei gewiß, würde ich meine Achselhaare rasieren.

Obgleich sich bisher keiner an Madame Pipers Informationen über mich interessiert gezeigt hat, entsteht eine Pause, vielleicht ungewollt. Die Gläser sehen gegen das Licht fettig aus, mit vielen Fingerabdrücken. Keiner hebt das Glas oder stellt es ab, das Besteck ist abgeräumt, und die Zigarre des Dichters liegt im Aschenbecher, er hat sie schon seit bestimmt zehn Minuten nicht angefaßt. Der junge Mann, Niclas, denkt wohl an Schwieriges und nickt mit dem Kopf. Madame Piper nutzt die Gelegenheit. Sie holt das goldene Pillendöschen aus ihrer Handtasche, sie leert deren Inhalt in ihre Hand, nimmt einen Schluck aus dem Wasserglas, das zwischen den anderen Gläsern steht, und wirft den Kopf nach hinten, um alles zu schlucken. Ich brauche mich nicht in Frage zu stellen, das hat Madame Piper längst für mich erledigt, sie ist dabei gewissenhaft und ohne Neigung, sich in diesem Punkt zu ändern. Sie ist fürsorglich und beständig. Ich glaube, in ihrem Leben kann sich nichts Neues ereignen, denn selbst wenn das Neue versuchen würde, sich zu verbreiten, bliebe es von ihr schlicht unbemerkt, sie kennt ihre Geschichten und vertreibt sie gern, da kommt nichts zwischen, hält sie nichts von ab, seit Jahrzehnten sind ihre Geschichten Mauern aus Stein, die bleiben, wie sie einst gebaut wurden, sie sind das, was sie kurz Leben nennt. Sie ist sehr von ihrer Welt erfüllt, man könnte sagen, ein zufriedener Mensch. Der Tisch ist abgeräumt, ich wünsche einen guten Abend, ich lächle nicht. Madame mag es nicht, wenn mir etwas Freude macht, das stört sie dabei, mich frech und für Höflichkeiten zu schlicht zu finden.

Sie legt mir ihre Hand auf den Arm und lächelt gütig. Ach was, nun tut meine Kleine so, als würde sie sich schämen, aber das mit ihren Achseln wußte doch jeder. Ich habe euch nichts Neues mitgeteilt, oder, habe ich? fragt sie und vergewissert sich nicht mehr, ob man ihr zustimmt. Ich darf sie jetzt nach oben bringen, es ist spät. Ich bin erleichtert, weil sie heute abend auf die Geschichte von mir und einem Koch auf dem Kühlschrank verzichtet hat. Eine Geschichte, die sie größtenteils erfunden hat. Ich nehme ihre Handtasche und hänge sie mir über die Schulter, ihr Glas möchte sie auch mitnehmen, und ob ich noch eine Flasche Wasser mit nach oben tragen könne. Der Koch hilft mir, greift ihr unter den Arm und geht voran, ich solle ihre Sachen hinterhertragen. Treppe hoch, Licht an, Vorhang zu, Decke weg, Kleid aus und Nachthemd an, Bein hoch, gedreht, im Bett. Langsam zur Tür gehen, Fernbedienung, bitte sehr und raus. Draußen wartet der Koch, er wollte nicht zusehen, wie Madame das Nachthemd anzieht. Er sagt mir, es würde nichts machen, wenn ich keine Kleider trage, die mag er eh nicht. Er mag mich küssen. Nachdem er mich geküßt hat, sagt er, er möchte mich ausziehen. Ich sage ihm, daß das hier auf dem Flur vor

Madames Tür nicht geht. Das hat er sich gedacht, daß ich nicht möchte. Wir könnten auch einfach beieinander schlafen, ganz ohne Sex, schlägt er vor. Ich kann ja nicht nein sagen, das weiß er, also sagt er, er würde noch die Küche in Ordnung bringen und dann kommen.

Ich gehe in mein Zimmer und lege mich auf mein Bett. Ich kann mich nicht erinnern, wann ich das letzte Mal eine andere Person in meinem Zimmer hatte. Möglich, es ist Jahre her. Der Koch wird der erste sein, seit langer Zeit. Etwas nervös bin ich, stehe auf, gehe zu meinem großen Schrank, in dem Unordnung herrscht. Ich suche Unterwäsche, die ihm gefallen könnte. Ich finde weiße, die habe ich geschenkt bekommen, ich werfe sie auf den Stuhl, der in Reichweite zum Bett steht, und lege mich unter das Laken. Das Licht lasse ich an. Ich höre, wie er unten mit den Töpfen hantiert und die Spülmaschine angeht. Meine Hände klammern sich um das Laken, darunter wird es heiß. Ich ziehe mich nackt aus und stopfe die Unterwäsche zwischen Matratze und Laken. Immer wieder befeuchte ich meine Lippen und ziehe mit den Zähnen kleine Hautfetzen ab. Von unten höre ich seine Stimme und wie Berta antwortet, dann höre ich Schritte, die in den weichen Hausschuhen unten durch den Korridor gehen und die Treppe heraufkommen. Die Tür zu einem Zimmer geht auf und wieder zu. Es ist still. Später höre ich noch einmal Schritte, die die Treppe hinaufgehen, es sind die beiden jungen Männer, Hartwig und Ivo, sie gehen vorbei. Unten in der Küche läuft die Spülmaschine. Ein Trick ist, ich beginne bei hundert zu zählen und zähle, bis er kommt. Ich merke, daß ich sehr schnell atme, und schließe die Augen, um tief ein- und auszuatmen, damit ich ruhig werde. Die Spülmaschine läuft noch. Sie pumpt Wasser. Ansonsten höre ich nichts. Ich sehe auf die Uhr, es ist fast eine Stunde vergangen. Ich ziehe mir die Hose und ein Hemd über die schweißnackte Haut und drücke vorsichtig die Klinke herunter.

Im Flur ist es dunkel, von unten sehe ich einen Schimmer Licht, der aus der Küche kommt. Ganz leise, weil die Dielen knarren und die Gäste schon schlafen, gehe ich zur Treppe und setze einen Fuß vor den anderen, bis ich die Küchentür sehen kann. Es brennt Licht in der Küche, ich habe Angst, er könnte mich auf der Treppe ertappen, oder ein anderer, daher ziehe ich mich geräuschlos wieder zurück. Mein Laken ist noch feucht, aber kalt. Ich lege mich hinein und friere. Ein fremder Geruch neben mir, der hätte mich erregt, sein fremder Geruch, den ich in der Küche zwischen den Fischen schon entdeckt hatte. Eisklumpen hängen an meinen Beinen, es ist mir lästig. Ich beginne wieder, bei hundert zu zählen.

Als ich aufwache, ist mein Licht noch an, ich sehe auf den Wecker, es ist zehn vor fünf, draußen ist es noch dunkel, die Schranktür steht offen, ich hatte Unterwäsche ausgesucht und gedacht, er würde kommen, sie sich ansehen, ich mache das Licht aus. Mir wird erneut kalt. Ich ziehe die alte Unterwäsche, die ich neben die Matratze gestopft hatte, wieder an. Die weiße, die auf dem Stuhl gewartet hatte, werde ich morgen wieder im Schrank verstauen. Ich kann nicht mehr einschlafen. Um viertel vor sieben stehe ich auf.

ZWEITER TAG Berta hilft mir beim Frühstück, der Koch hat heute morgen frei, es ist Donnerstag. Berta kennt meine Küche schon länger als ich. In meiner Gegenwart zeigt sie sich keinen Augenblick untätig, zeigt sich immer bemüht. Sie ist achtzehn Stunden am Tag bei mir, dann geht sie, sie hat eine kleine Wohnung, soviel ich weiß, hier ganz in der Nähe. Dort geht sie hin und schläft vermutlich. Am nächsten Morgen, wenn ich aufstehe, ist sie wieder da. Sie hat ihr Leben hier verbracht, nur wenige Stunden ohne mich. Einmal wollte sie verreisen, aber ich brauchte sie derzeit, so daß sie einen späteren Termin nehmen sollte. Sie hatte mir gesagt, sie wolle aber nicht später fahren, das sei nicht das gleiche. Wir haben lange hin und her geredet, denn ich wollte auf sie nicht verzichten und es gab nichts, das ich mir hätte vorstellen können, was ihr genau zu diesem Zeitpunkt wichtiger sein könnte. Sie sagte, ich müsse mich damit abfinden, daß ich es nicht verstehe, sie verstünde auch nicht alles, und immerhin solle ich mir klar machen, daß es nur so aussehe, als würde ich ihr ihr Leben bezahlen. Das war ihr letztes Wort, sie ließ nicht über sich bestimmen. Auch damals hatte ich schon so hilflose Ideen, wie ich sie heute mit dem Koch habe, und dachte, dieser eigene Wille, den Berta da vor sich her trug, müsse mir ein Zeichen sein, daß ich Strenge anwenden und ihr kündigen sollte. Sobald sie weg war, versuchte ich es mit einer neuen, dachte mir insgeheim, mal sehen, die wird es vielleicht für immer sein, die könnte mir doch meine Putze machen. Die Putze machte sie mir auch, aber recht widerwillig, sie dachte, sie sei etwas Besseres und zu Besserem geschaffen. Ich hatte keine Lust, mich auf sie einzustellen, sie zierte sich, wo sie konnte. Berta schien mir besser und ich mir zu bequem. Berta kam zurück, und ich sagte: Wie schön, daß Sie wieder da sind. Ich habe Sie vermißt. Da stiegen Berta vor Rührung die Tränen in die Augen, denn ich hatte ihr so etwas noch nie gesagt. Ich gab ihr, nun selbst von meinen Worten ganz ergriffen, die Hand, sie drückte sie lange mit beiden Händen und wischte sich wieder und wieder die Tränen aus ihrem runzligen Gesicht. Später fragte sie, wie alles gewesen sei, sie mußte das Reinigungmittel für das Silber suchen, und auch die Asche hatte man nicht aufgehoben, wie sie es zu tun pflegte, um damit angebrannte Töpfe zu reinigen. Ich sagte ihr, ich hätte jemanden gefunden, der mir die drei Wochen ausgeholfen hätte, ich sagte auch, die andere sei ein liderliches, faules Ding gewesen, ich dachte, es würde Berta freuen, das zu hören. Aber sie war zu höflich und zu vornehm, derartige Lästereien zu belohnen oder mein schlechtes Gewissen zu bemerken. Sie hätte niemals in Betracht gezogen, daß ich eine andere ihr vorziehen könnte. Sie hörte meine Gehässigkeiten nicht, sie bügelte die Tischdecken und wickelte anschließend die Schnur wieder so um das Bügeleisen, wie sie es zu tun pflegte. Sie hatte sich eingerichtet, in meinem Hotel, sie sagte später, daß sie ungern verreise, weil sie dann hinterher immer noch wochenlang die Folgen ihrer Abwesenheit beseitigen und berichtigen müsse, dazu lächelte sie und entschuldigte sich. Sie hatte das so gesagt, als sei sie schon häufiger fort gewesen, dabei war es gerade das erste Mal. Abgesehen davon habe ich nicht den Eindruck gewinnen können, sie hätte wirklich viel nachzuholen, zu beseitigen oder zu berichtigen gehabt. Das mag an ihrer stetig geschäftigen Art liegen. Ich habe ihr nicht gesagt, daß ich versucht hatte, sie hinterrücks auszutauschen. Auch habe ich sie nicht gefragt, wohin sie gefahren ist, und sie hat es von sich aus nie erzählt. Wir reden beide wenig von uns und verstehen uns darin. Seither ist sie nicht mehr verreist.

Berta hilft mir beim Frühstück, sie legt die kleinen Brote in den Ofen, sie macht Eier mit Speck und Eier mit Lauch. Ich koche Kaffee und Tee. Sie sagt, daß der Zucker dem Ende zuginge. Ich antworte ihr, daß der Zucker nie dem Ende zugehen dürfe, ich müßte es dem Koch sagen. Beim Frühstück sind es immer nur wenige, denn die meisten würden den Gong über den Lautsprecher besonders wenig mögen. Der Dichter gibt uns die Ehre, ich weiß, daß er nicht schlafen kann, das geht schon seit Jahren so, er sitzt dann ab halb sieben im Eßzimmer und wartet, bis wir mit den Dingen kommen und die Rolläden am großen Fenster und der Tür aufziehen. Manchmal macht er nicht mal das Licht an. Er reibt sich die Augen und will, daß Berta ihn fragt, ob er gut geschlafen habe. Berta vergißt das nie. Sie sagt: Haben Sie gut geschlafen, Herr Jonas?

Und er sagt: Ach Berta, es ist doch immer dasselbe, da liegt er im Bett und kann kein Auge zutun, die ganze Nacht liegt er und denkt.

Das ist aber nicht schön, sagt Berta und fragt höflich: Was denkt er denn?

Sehen Sie, das ist soviel, daß er am nächsten Morgen die Hälfte vergessen hat. Aber wie beneide ich euch Menschen, die ihr nachts feste schlummert, wie satte — satte, ja, Menschen.

Ich kann mir denken, warum Anton Jonas nach einem Vergleich mit irgendeinem Tier gesucht hat, er mag es, Menschen mit Tieren zu vergleichen. Hier fiel ihm offenbar nichts Passenderes ein. Berta lächelt freundlich dabei und drückt ihre Augen beide gleichzeitig zu, sie ist gütig. Ich weiß nicht, ob Berta gut schläft. Satt gewiß nicht, denn seit ich sie kenne, ißt sie nur winzige trockene Knäckebrote und trinkt ungesüßten Tee, manchmal ißt sie ein Müsli oder einen Apfel. Über ihren Knochen hat sie etwas weiche Haut, sonst nichts. Sie entschuldigt sich, wenn sie Herrn Jonas den Kaffee einschenkt, und auch dafür, daß sie selbst keinen trinkt. Früher dachte ich immer, sie sei von ständiger Angst verfolgt, etwas falsch zu machen, das dachte ich wohl, weil es mir so erging. Derweil vermute ich, daß sie von Schuldgefühlen aufgrund einer tiefen inneren Teilnahmslosigkeit geplagt ist. Es ist ihr gleichgültig, wofür die Menschen sie nehmen.

Beim Frühstück schlägt Anton Jonas gerne sexuelle Themen an. Wir sind dann in einem so kleinen Kreise, daß er sich nahezu gezwungen fühlt, verbal intim zu werden. Noch sind wir zu dritt, ich hole die warmen Brote, Berta setzt sich zu ihm.

Da gab es gestern im Fernsehen so eine Frau, Sie werden lachen, die hat bei so einem Glücksspiel mitgemacht, die sah sehr hübsch aus, sie hatte sehr zierliche Hand- und Fußgelenke und trotzdem einen ganz weichen großen runden – Körper, auch Busen, meine ich, also ganz weiblich und dazu diese anmutigen, filigranen, zarten, zerbrechlichen – Gelenke! Ganz wie meine Tänzerin, die Gelenke natürlich nur, die haben mich an sie erinnert. Ach, und alleinstehend war die junge Frau auch, kann man nicht glauben, was? Sagt einfach, sie hätte den Mann fürs Leben noch nicht gefunden.

Berta nickt, ich lege die warmen Brote in die Körbchen und decke sie mit den Tüchern zu. Das ist doch gar nicht so gut für eine Tänzerin, wenn sie so dünne Gelenke hat, oder? frage ich.

Anton Jonas spricht weiter zu Berta. Die Frauen heutzutage lassen sich ganz schön alt werden, bis sie den Richtigen finden, und manche finden ihn dann nie. Also, ehrlich Berta, mir tat die Kleine schon etwas leid, ich dachte mir, ich rufe da doch mal an, beim Fernsehen, und biete ihr an, daß man sich treffen könnte.

Berta richtet sich plötzlich auf und schaut ihn an, sie zieht ängstlich und fragend die Augenbrauen hoch. Nein, er schließt kurz die Augen und deutet ein Schütteln des Hauptes an, dabei tätschelt er ihre Hand, die klein und knöchern unter seiner verschwindet. Diesmal noch nicht, Berta, aber ich dachte mir, warum eigentlich nicht? Sie ist allein, ich bin allein.

Berta drückt sich einen Krumen ihres Knäckebrots zwischen die schmalen Lippen und mahlt ihn dort klein, sie schluckt.

Sie wissen ja, meine Tänzerin hat keinen Busen, also Sie haben sie ja leider noch nicht gesehen, aber Sie wissen, ich habe Ihnen ja schon erzählt. Meine Tänzerin ist von ganz anderer Klasse, sie ist schön, sie ist schmal wie ein Kind, ach, was sage ich da, wie eine Gazelle natürlich, wunderschön. Anton Jonas hebt seine Kaffeetasse mit Andacht und bleibt eine kurze Weile mit erhobener Kaffeetasse vor sich hin sinnend sitzen. Wenn Anton Jonas von der Tänzerin erzählt, die er vor vier Jahren in Salzburg kennengelernt hat, bekommt er feuchte Augen. Er hat es schwer mit den wahren Frauen im wahren Leben, und das Schlimme ist, keiner weiß das so gut wie er selbst. Es gibt Frauen, die ihn in seiner Genialität durchaus und von vornherein akzeptieren, aber die findet er leicht einfältig, nicht etwa, weil er an seiner Genialität zweifelt, sondern weil es ihm unvorstellbar ist, daß ein junges weibliches Geschöpf wissen kann, mit wem sie es zu tun hat. Er denkt, er müßte sich den Frauen erst einmal beibringen, bevor sie in Staunen und Liebestaumel verfallen sollten. Er belehrt sie lange und eindringlich, was gerade den jungen schnell überspannt und langweilend erscheint. Im Gegensatz zu Anton Jonas sind seine Verehrten, derer er schon einige vor meinen Augen versuchte, zu Verehrerinnen zu machen, zu einer schnellen, sinnlichen und heißen Liebe entschlossen. Sie mögen den Auftrieb, der ihnen ein Abenteuer mit einem Mann wie Anton Jonas verspricht, nicht aber die langwierigen Einleitungen, in denen er sich oft vergißt und wiederholt. Letztes Jahr sagte eine Frau meines Alters zu mir, sie verstünde nicht, wie jemand in der Lage sei, immer wieder die gleichen Dinge zu sagen. Die einzigen Veränderungen würden die Gegenstände durch ihre anderen Namen erhalten, bei denen er sie nennt, in ihrem besonderen Fall, um die Einzigartigkeit der Begegnung zu umschreiben. Ich antwortete der Frau, er sei eben ein Dichter, und sie lachte schallend, wischte sich gar Tropfen der Freude mit dem Zeigefinger aus den Augenwinkeln, ganz so, als sei mir ein echter Witz gelungen. Berta und ich haben uns an ihn gewöhnt, so daß er uns in Frieden läßt, er dankt dafür. Berta gibt ihm Milch und Zucker.

Ach, sage ich, ehe ich's vergesse, heute früh ist ein Fax für Sie gekommen. Anton Jonas kann es nicht leiden, wenn ich ihn anspreche, einfach so, ungefragt, und es ist ihm besonders unangenehm, wenn er sich gezwungen sieht, darauf zu reagieren.

Von wem denn? fragt er.

Ich sage, ich weiß es nicht, ich habe es nicht gelesen.

Ich solle es ihm geben, sagt er und macht eine Handbewegung dazu, die das Fax heranholen soll, es könnte ja sein, ich verstehe sein Begehr nicht genau. Ich laufe und bringe das Fax.

Anschließend gehe ich die Treppe hoch zu Madame Piper, die liegt noch im Bett und sagt, ich solle ihr helfen. Ich helfe ihr, sich auf den Rand des Bettes zu setzen, wo sie sitzen bleibt wie gestern, bis zum Boden darin versinkt. Ich sage ihr, sie sei ganz naß. Das, sagt sie, wisse sie auch. Nun, da es eine gelbe Nässe ist, sage ich: Madame, vielleicht sollten Sie Windeln tragen.

Madame schnauft durch ihre Nase und sagt: Papperlapapp, Windeln sind für Säuglinge, und ich bezahle hier schließlich.

Ja, sage ich, Sie bezahlen ein Hotelzimmer, aber ich gehöre nicht dazu.

Da, sagt sie und zeigt auf ihre Handtasche, gib die her.

Ich gebe ihr die Tasche, sie öffnet sie und wurstelt mit ihren morgenträgen Händen darin herum, hilft sich, weil ich nicht zugreife, mit den Zähnen, öffnet das Portemonnaie und holt fünf Mark heraus.

Da, jetzt bezahle ich auch dich. Sie spuckt mir die Münze entgegen, die ich im Reflex auffange.

Aber Madame, so kenne ich Sie gar nicht, sage ich.

Weißt du was, mein Kind, du forderst mich heraus. Du kennst mich sehr wohl. Und da ich das Pech habe, in deinen Händen älter als deine Mutter zu werden, muß ich wohl dafür bezahlen, daß du mich menschenwürdig behandelst.

Nun, ich wollte nie dafür bezahlt werden, menschenwürdig zu handeln. Was dann? Nichts dann. Ich setze sie auf ihren Toilettenstuhl und soll die Augenbrauen nachzupfen. Ich sage, ich hätte unten beim Frühstück zu tun. Sie antwortet, ich solle mich nicht beschäftigt geben, wenn ich es nicht sei. Ich zupfe ihre Augenbrauen, nach der Hälfte sagt sie, ich könne ruhig alle Haare ausreißen, das mache nichts, als junge Frau hätte sie ihre Brauen auch so getragen, haarlos geschminkt. Nachdem ich fertig bin, zieht sie sich zwei Striche und will frühstücken kommen. Ich greife ihr unter den Arm und bringe sie zu den anderen. Sie möchte neben Anton Jonas sitzen, der von zu Hause erzählt, dort war man in seine Wohnung eingebrochen, ein Freund hätte ihm das in dem Fax geschrieben, allerdings sei, soweit der Freund es beurteilen könne, nichts geklaut worden. Berta schüttelt den Kopf. Anton Jonas schüttelt auch den Kopf, er könne gar nicht sagen, wie wütend er sei, sagt er, denn seine Wohnung sei eben allein seine Wohnung, da habe kein anderer etwas zu suchen. Allein die Vorstellung, daß einer etwas gesucht hat, zwischen seinen vielen Blättern, in seinen Schubladen, zwischen seinen Kissen! Und es sei ihm auch peinlich, weil er doch nicht besonders sauber wäre, ordentlich ja, aber nicht sauber. Ich setze neuen Kaffee auf und bringe den Kindern Nutella, weil die Mutter es so wünscht. Madame stimmt ihm zu, ihr Heim sei ihr Heim, sie hätte einmal die Schwester ihres geschiedenen Mannes bei sich gehabt, die hätte ihr ganzes Haus in Unordnung gebracht, wo sie seit dreißig Jahren darin lebe, alle Dinge hätten ihren Platz, das hätte die Schwester des geschiedenen Ehemannes schlicht übersehen, sie hätte ihre Sachen im ganzen Haus verteilt, im Bad nach dem Duschen die Kacheln nicht trocken gewischt, geschweige denn den Boden, hätte auch Haare verloren, die dann im Ausfluß gelassen, das sei unverkennbar gewesen, diese Frau hätte nämlich blonde, sie selbst hingegen eher dunkle Haare. Nach ein paar Tagen hätte es sogar nach der Schwester des geschiedenen Mannes gerochen, schon als sie unten zur Tür herein kam, morgens, nachdem sie mit ihrer kleinen Susi Gassi war, hätte sie sich nicht mehr zu Hause fühlen können, einfach vertrieben sei sie worden. Das hätte ihr gereicht und sie hätte der Schwester des geschiedenen Ehemannes vorgeschlagen, in ein nettes Hotel zu ziehen, das unweit ihres Hauses lag und nicht allzu teuer schien.

Aber das ist doch kein Vergleich, verehrte Madame, stellen Sie sich vor, ein Fremder! Ohne Ankündigung. Anton Jonas ist untröstlich.

Das kleine Mädchen hat aufmerksam zugehört und sagt jetzt zu der Mutter: Zu Hause wartet Milenka, Mama, Mama, ich will nach Hause. Die Mutter sagt, das sei jetzt genug, immer die Sehnsucht nach der Puppe, ihr Mädchen sei doch schon ein großes Mädchen, sie müsse doch bald ohne die Puppe leben können. Die Kleine sagt, aber Milenka könne nicht ohne sie leben. Die Mutter will nicht, daß sie ungezogen wird. Ich biete frischen Kaffee an. Die Kleine fragt, wo denn mein Zuhause sei. Ich sage: Hier. Das will sie nicht glauben, das sei hier doch ein Hotel und kein Zuhause. Die Spätmutter sagt, sie müßten jetzt aufbrechen und die Koffer von oben herunterholen, ob ich ein Taxi rufen könnte. Ich nicke. Hartwig möchte auch frühstücken, sie müßten sich beeilen, ob man ein Taxi teilen könnte? Nein, das will die Mutter nicht, ich solle zwei Taxis bestellen, in einer halben Stunde. Hartwig setzt sich, Berta bringt benutzte Teller weg und frische her. Ich gehe zum Empfang und rufe die Taxis. Ich mag die Tage, an denen es alle morgens eilig haben, oft sind dann die Mittagsstunden besonders ruhig. Früher habe ich es genossen, besonders im Winter, zur Mittagszeit auf der Bank im Empfang zu sitzen und meine Beine hinten durch die Lehne zu stecken, so konnte ich aus dem Fenster sehen und die Heizung hat fast meine Beine verbrannt, das mochte ich, dieses Gefühl, hier drinnen in der Wärme zu schmoren und durch die Scheibe nach draußen schauen, die Bäume, die kahl waren, daß man bis zur Brücke sehen konnte, draußen auch Regen und Schnee, und Kälte, während ich schmorte, behaglich, geschützt, und meine Beine zwischen die Rippen der Heizung preßte. So hatte ich stunden- und tagelang gesessen, beinahe die ganze Kindheit, ohne mich zu langweilen, hatte ich ins Leere geglotzt.

Die Spätmutter kommt mit den Kleinen und zwei Koffern die Treppe herunter, ich gehe ihr entgegen und helfe. Alle drei tragen kurze karierte Mäntelchen, unter denen sie schwitzen werden. Es soll heute noch einmal warm werden. Die Spätmutter setzt sich in den Sessel und die Kinder auf die Bank.

Anfangen, anfangen.

Gut, die Mutter sagt, sie könnten nun, und der Junge ruft laut: 4! Die Mutter lächelt und schüttelt den Kopf, sie hält den Mund geschlossen, daß nichts rausfällt. Das Mädchen ruft: 7! Die Spätmutter schüttelt wieder den Kopf. 3! rät der Junge, 2 das Mädchen, 1 der Junge, und er hat recht. Er freut sich. Noch mal! fordert das Mädchen, bitte, noch mal. Sie raten um die Wette, bei 8 hat der Junge recht, und sie dürfen von neuem raten.

Die Tür geht auf, Herr Hirschmann kommt herein. Ich habe heute morgen ganz vergessen, daß er kommen würde. Er begrüßt mich, er sei erschöpft, die ganze Nacht durchgefahren, möchte sich nur gleich ins Bett legen. Er sieht ganz welk aus, der Hut hängt ihm schräg vom Kopf.

Natürlich, klar. Ich gebe ihm den Schlüssel, er dankt, will seinen Koffer gerne alleine tragen, nur seine Ruhe haben, man würde sich dann heute nachmittag sehen. Der Junge erhält wieder recht. Die Tochter sieht schon aus wie ein richtiger Junge, aber richtig raten tut sie dennoch nicht. Der Kleine freut sich, die große Kleine muß bald erwachsen und daher tapfer sein. Ich verdächtige die Spätmutter, den Jungen gewinnen zu lassen. Das Mädchen scheint das zu kennen, es gibt nicht auf, es will wieder. Herr Hirschmann kommt ohne Koffer noch einmal die Treppe herunter, seine Augen hängen schlaff, es scheint ihm Mühe zu machen, sie offen zu halten. Er kommt zu mir an den Empfangstisch und fragt leise, ob ich sicher sei, ihm den richtigen Schlüssel gegeben zu haben. Ich will gar nicht erst daran zweifeln und nicke ihm freundlich zu, so sollte es zumindest aussehen. In dem Zimmer sei noch nicht aufgeräumt und auf dem Boden liege ein junger Toter.

Ein junger Toter?

Ja, bestätigt er, ein junger Mann, der ganz offensichtlich tot ist, ob ich das nicht wüßte. Ich sage nein. Er sagt, er könne jetzt aber nicht in dem Zimmer schlafen, ich solle ihm einen anderen Schlüssel geben. Nein, sage ich, ich will erst den Toten sehen, und folge ihm in den ersten Stock. Er geht zu der Tür, vor der er seinen Koffer abgestellt hat, öffnet sie, und tatsächlich, unweit der Tür liegt etwas auf dem Boden. Ich gehe heran, ich sehe einen umgekippten Stuhl und daneben einen Menschen, der sich nicht bewegt.

Ivo? frage ich, er antwortet nicht.

Tot, stellt Hirschmann fest.

Woher wissen Sie das? sage ich, vielleicht schläft er. Sein Gesicht zeigt nach unten, und weil ich ihn nicht anfassen möchte, stoße ich vorsichtig mit dem Fuß gegen ihn. Er regt sich nicht. Hirschmann sagt, er möchte jetzt einen anderen Schlüssel, er sei wirklich erschöpft. Ich sage, gut, und wir gehen raus, die Treppe hinunter, und ich gebe ihm einen anderen Schlüssel. Es ist mir noch nie passiert, daß ich zwei Schlüssel verwechselt habe. Wie das nur sein könnte, frage ich mich. Herr Hirschmann geht wieder die Treppe hoch. Die Mutter will nicht weiterspielen, das kleine Mädchen soll nicht traurig sein und sein kariertes Mäntelchen zumachen. Hartwig kommt aus dem Eßzimmer, er fragt, ob Ivo endlich runtergekommen sei, sie müßten los.

Nein, sage ich, der ist noch oben in eurem Zimmer. Ich ziehe Hartwig beiseite und flüstere in sein Ohr: Ich glaube, Ivo ist tot. Hartwig mag nicht lachen, er sagt, ich solle Ivo oben kurz anrufen, der soll die Tasche mit runterbringen. Der erste Taxifahrer kommt, holt die Spätmutter und die Kinder ab. Ich verabschiede sie und sehe, wie Hartwig die Treppe hinaufgeht. Nun, denke ich, auch diesen Fall hatte ich noch nicht, daß mir ein Gast im Hotel gestorben ist. Ich weiß noch nicht einmal, ob ich Berta damit belästigen soll, aber auch nicht, was ich sonst tun könnte. Hartwig tastet sich die Treppe herunter, er ist ein wenig farblos im Gesicht, beugt sich über das Geländer und erbricht sich, dann schreit er um Hilfe. Anton Jonas, Madame und Berta kommen aus dem Eßzimmer gerannt, sie wollen wissen, was los ist. Weil Hartwig schreit, sage ich ihnen, daß Ivo oben tot im Zimmer liegt. Ich bitte sie, leise zu sein, weil andere Gäste im Hotel noch schlafen. Alle wollen den Toten sehen, ich begleite sie nach oben, dann traut sich aber keiner, ihn anzufassen, so daß

48

Madame Piper meint, ich solle den Krankenwagen rufen. Ich gehe wieder nach unten und rufe den Krankenwagen. Die vom Notdienst wollen auch die Polizei verständigen. Ich gehe hinauf. Anton Jonas, Madame Piper, Berta und Hartwig, der sich räuspern muß, stehen um die Leiche herum und schweigen. Berta entschuldigt sich, sie meint aber, es wäre wichtig, den Toten so bald als möglich in eine gerade Position zu ziehen, weil sonst die Leichenstarre einsetzen und es schwierig werden könnte, den so gekrümmten und am linken Arm verrenkten Toten die Treppe hinunterzubekommen. Anton Jonas glaubt, die Leichenstarre setze sicherlich schon zum Todeszeitpunkt ein.

Nein, da ist sich Berta sicher, die käme erst später. Die anderen und ich sind alle etwas unschlüssig, zumal, egal, ob jetzt oder später, keiner so recht zufassen mag. Ob er noch warm ist? Sicher, sagt Hartwig, immerhin sei er ja erst vor einer knappen halben Stunde zum Frühstück gegangen und da hätte Ivo noch gelebt. Hartwig beginnt zu schluchzen. Madame Piper sagt, sie hätte ihn ja noch gewarnt, mit seiner ständigen Kippelei, das sollte man eben nicht machen. Keiner sagt etwas darauf. Ist doch wahr, sagt Madame Piper. Ich bemerke, daß sie offenbar problemlos die Treppen heraufgekommen ist, ganz ohne meine Hilfe. Ich höre, wie unten die Eingangstür aufgeht. Ich gehe hinunter, um den Sanitätern den Weg zu weisen. Die drei haben gute Laune, sie unterhalten sich über ein Fußballspiel, das sie heute morgen im Fernsehen gesehen haben. Ihre Favoriten haben gewonnen. Einer von ihnen, ein kleiner mit Brille, trägt eine leere Bahre unter dem Arm. Berta, Anton Jonas und Madame lassen die drei durch. Einer von ihnen bückt sich zu Ivo, hält seine Hand an dessen Hals und sagt: tot. Die anderen und ich nicken stumm. Der kleine bebrillte Sanitäter meint, man solle ihn umdrehen, um einen Test zu machen. Der lange dünne stimmt ihm zu. Die anderen und ich sollten alle rausgehen. Wir gehen raus und wieder die Treppe hinunter. Madame Piper will, daß ich ihr dabei helfe. Anton Jonas möchte auch helfen, wir stützen sie beide. Berta geht mit Hartwig hinter uns her, Hartwig schluchzt. Die anderen und ich warten unten am Eingang, bis die Polizei eintrifft und einer von den Krankenträgern zu uns kommt. Er sagt zu dem Polizisten, er hätte gerade einen neuen Notruf bekommen, da müsse er hin, und schließlich sei das hier auch nicht mehr seine Aufgabe, einen Toten abzutransportieren. Die zwei Polizisten gehen hinter dem Sanitäter die Treppe hoch. Es dauert nicht lange, da kommen alle drei Sanitäter mitsamt der leeren Bahre herunter, sie verabschieden sich bei Berta und Anton Jonas und gehen.

Die Polizisten wollen wissen, ob ich Ivo gekannt habe, ob ich weiß, wer seine Eltern sind, nein, sage ich, ich hätte mit dem Jungen nichts zu tun gehabt, und ich verweise die Polizisten an Hartwig. Hartwig hört auf zu schluchzen, er nennt ihnen der Reihe nach die Personalien. Dann wollen auch die Polizisten gehen, sie verabschieden sich bei mir, Handschlag, Achtung, daß ich nichts in dem Zimmer verändere, sie hätten zur Sicherheit die Tür abgeklebt und wollen später noch einmal wiederkommen, um Fotos zu machen, das müßte so sein, für die Ordnung, und ihre Polaroids seien gerade aus, also bis später.

Ich gehe ins Eßzimmer zu den anderen, die sich um Hartwig herumgesetzt haben und leise sprechen. Es klingelt am Empfangstisch, Niclas fragt übers Telefon, ob ich etwa ihr Frühstück vergessen habe, sie seien seit geraumer Zeit soweit, säßen im Bett und warteten. Ich verspreche, gleich zu kommen. In der Küche stehen die Nahrungsmittel noch herum. Ich nehme etwas Wurst und Käse, lege Petersilie und Erdbeeren dazu und will die Teller auf dem Tablett mit Brot in der Hand nach oben bringen. Berta entschuldigt sich, aber so ginge das nun nicht, Petersilie und Erdbeere, das passe nicht zusammen. Sie nimmt mir das Tablett aus den Händen, stellt es wieder ab und leert säuberlich die Teller. Alsdann beginnt sie von vorne. Legt alles schön in Fächer, Käse, Wurst, an den Rand je drei Erdbeeren, auch Vanillequark und Mangospalten, etwas Rührei, das inzwischen kalt ist, und stülpt noch eine wärmende Haube über die Kaffeekanne. So, jetzt nimmt sie alles, entschuldigt sich, daß ich ihr den Weg freimachen soll, und bringt das Tablett fort. Ich stelle die restlichen Nahrungsmittel in Kühlschrank und Schränke, wische über den Tisch und gehe nach nebenan ins Eßzimmer, wo man noch immer leise spricht. Ich frage, ob ich abräumen dürfe. Madame und Anton Jonas sehen mich an, Vorwurf drückt sich aus ihren Augen. Indem sie nicht antworten, zwingen sie mich, ein zweites Mal zu fragen.

Ja, doch, sagt Madame jetzt, ihre Zähne öffnen sich keinen Spalt, der Widerwille preßt sie zusammen. Sie legt gleich noch den Arm um die Schulter des zarten Hartwigs, der darunter ersticken könnte, und redet auf ihn ein. Hartwig hat derweil seine Ellenbogen auf die Knie gestützt und das Gesicht in den Händen begraben. Während ich die Teller und anderen Dinge in die Küche trage, höre ich, wie Madame von ihrem ersten Ehemann spricht, der ja auch ganz früh gestorben sei, Lungenentzündung, schwere, sei noch im Krankenhaus gewesen, dann, mit Aussicht auf Besserung entlassen, hätte tagelang zu Hause im Bett gelegen und mit ihr nicht reden wollen, und bald sei sie eines morgens aufgewacht, hätte sich an ihn gedrückt, da sei er fortgerückt, ganz und gar steif und kalt. Kalt nun sei sie ja schon bald dreißig Jahre, Witwe, ach länger schon, aber sie werde ihn nie vergessen, und Madame sucht nach einem Taschentuch, findet es und weint. Der ganze Fleischberg, wie er sich da, an Hartwigs Schulter hängend, zusammenzieht, zittert. Hartwig, das Gesicht noch in den Händen, rührt sich nicht. Anton Jonas macht ein betroffenes, sorgenvolles und ratloses Gesicht. Ich höre, wie er leise und deutlich zu den anderen sagt: Ich habe ja auch schon mal eine Tote gesehen. Nicht meine Mutter, nein, die ist im Sommer gestorben und mußte wegen der Geruchsbelästigung so schnell entfernt werden, daß ich nicht mehr die Gelegenheit dazu gehabt hatte, nein, aber eine andere, die ist auf der Straße umgekippt, einfach so, vor mir gelaufen und dann umgekippt, peng, da hat sie gelegen, ich bin gleich stehengeblieben, sonst wäre ich über sie gestolpert, die hatte ein Kind im Kinderwagen dabei, das laut schrie, auch lange, bis sich eine große Menschentraube um die tote Frau versammelt hatte. Anton Jonas spricht zwar noch leise, aber ich höre, wie er laut die Spucke runterschlucken muß, die sich mit der Aufregung in seinem Mund versammelt. Anfangs hätte sie noch schwer geatmet, das hätten auch die anderen gesehen, dann aber, von einem Augenblick zum nächsten nicht mehr. So, das sei für ihn nicht leicht gewesen, dann nach Hause zu gehen zu seinen Papieren. Er schluckt. Hartwig weigert sich, aufzusehen.

Anton Jonas läßt seinen Blick durch das Eßzimmer wandern. Nein, das sei gewiß kein schönes Erlebnis. Madame schneuzt sich, ich sehe, wie sie sich aufrichtet und mit ihrem Arm Hartwigs Rücken beklopft. Hartwig sagt: Ivo. Und Madame mag sich erinnern, daß der gerade verstorben ist.

Aber, sagt sie zu Hartwig, sie sagt es ernst, weil sie es so meint und ausdrücken möchte, daß sie mit ihm fühlt, was habe ich ihm gesagt, deinem Freund, er wollte ja nicht hören.

Ein Mann kommt vom Empfang aus in das Eßzimmer, sieht sich kurz um und geht wieder hinaus, ich folge ihm. Er sei der Taxifahrer, meint er, es täte ihm leid, daß es so lange gedauert habe. Ob die Gäste schon fort seien? Nein, sage ich und stelle mich zu der Tür zum Eßzimmer, in der ich stehenbleibe.

Hartwig, das Taxi ist da, sage ich.

Anton Jonas steht auf, schiebt mich zur Seite, tritt in den Empfangsraum und baut sich vor dem Taxifahrer auf: Wir haben einen unerwarteten Todesfall hier, sagt er, wir brauchen Sie nicht mehr.

Der Taxifahrer dreht sich um und geht zur Tür raus, Anton Jonas kehrt zu Madame und Hartwig zurück. Hartwig nimmt das Gesicht aus den Händen. Er weint schon längst nicht mehr.

Mein Taxi? fragt er.

Ja, sagt Anton Jonas, ich habe es fortgeschickt.

Das hätten Sie nicht tun dürfen! ruft Hartwig, steht auf, beginnt, im Kreis zu laufen, er zeigt sich verzweifelt, er ringt mit den Händen hinter seinem Rücken, räuspert sich und überlegt währenddessen, was er jetzt anfangen soll. Bei mir angelangt, bleibt er abrupt stehen. Er bittet mich, ihm erneut und sofort ein Taxi zu rufen, er habe es eilig, müsse dringend ins Westend, da hätten sie doch eine Arbeit für heute gehabt, drei Tage, einen Garten bauen. Das seien feine Kunden, die dürfe er nicht warten lassen, er brauche das Geld und müsse sich beeilen. Während er die Treppe hoch läuft, sagt er noch, alleine bräuchte er mindestens doppelt so lange, wie er das nur erklären solle. Madame und Anton Jonas gehen ihm hinterher. Ich rufe das Taxi.

Ja, sagt Madame, sie zieht sich am Geländer hinauf, wenn sie damals nur hätte arbeiten gehen können, als ihr Mann dahinging, das hätte ihr gutgetan, sich abzulenken, statt dessen hätte sie die ganze Trauerfeier veranstalten müssen, auf der sie auch noch ihren geschiedenen Ehemann kennenlernen mußte, ein sehr schlechter Tag, wie sie findet. Berta kommt zu mir die Treppe herunter, sie muß oben auf die anderen gestoßen sein und ist nun deren Abgesandte. Man käme nicht in die Tür rein, da oben, die sei ja zugeklebt, was Hartwig machen solle, er müsse doch an sein Gepäck. Ich folge ihr nach oben. Ich sage den anderen, sie sollten ein Stück zurücktreten, ich würde vorsichtig die Klebebänder entfernen, so daß Hartwig hineingehen und sein Gepäck holen könne. Sie zögern, setzen einen Schritt zurück, und ich verrichte die Arbeit, löse die Klebestreifen an der einen Seite, halte sie dann hoch, um Hartwig hindurchzulassen. Madame sagt, Vorsicht, ich solle nicht so wackeln, sonst würden die Klebestreifen an der anderen Seite auch noch abgehen. Ich bemühe mich, still zu stehen.

Hartwig sucht seine Sachen zusammen und packt sie in die lila Reisetasche. Ich will wissen, ob das auch seine ist, weil die Polizisten gewollt hätten, daß alles unberührt bliebe. Hartwig sagt, sicher sei das seine, allerdings hätte Ivo seine Sachen auch in seiner Tasche gehabt, weil er keine eigene besitze und sie es auch überflüssig gefunden hätten, zwei Taschen mitzunehmen. Ob er Ivos Sachen liegenlassen solle? Ich sage: Ja. Und ob er die anderen Sachen von Ivo, dessen Arbeitsanzug und die Zeitschriften, die noch in seiner Tasche lägen, auch raustun solle? Ich überlege.

Madame sagt: Ja.

Anton Jonas meint, das wäre vielleicht nicht so günstig. Was das denn für Zeitschriften seien?

Was für Zeitschriften? fragt Hartwig zurück, das weiß ich doch nicht.

Na dann sieh eben nach, rät Anton Jonas, er stellt sich neben mich, beugt sich ein wenig vor, um in das Innere des Raums spähen zu können. Es nützt nichts, er tritt wieder ab.

Hartwig, der sich in dem Teil des Zimmers befindet, den wir nicht sehen können, sagt, nein, das wolle er nicht, er wolle nicht in den Sachen seines Freundes stöbern, er wolle uns überhaupt auch gar nicht sagen, was das für Zeitschriften seien. Ob er sie nun raustun oder drinlassen soll?

Drinlassen, sagt Anton Jonas.

Der Klebestreifen juckt an meinem Daumen. Ich höre, wie Hartwig den Reißverschluß der Tasche schließt. Es dauert einen kurzen Moment, er müsse noch pinkeln, auch das höre ich. Danach kommt er. Ich schließe die Tür hinter ihm und befestige die Klebestreifen ordentlich. Die anderen sind schon die Treppe hinuntergegangen, ich höre, wie sie sich verabschieden, ich gehe auch hinunter. Madame drückt den zarten Hartwig an ihren Busen und läßt ihn danach gehen. Macht nichts, denke ich, er hat sich von mir nicht verabschiedet.

Anton Jonas möchte ein wenig frische Luft schnappen, es gibt einen Weg an der Bucht entlang, ohne Strand, dafür frisch und rauh, den hat er zu seinem Weg erklärt. Ich war dort seit vielen Jahren nicht mehr. Er sagt zu Madame, daß er dort jetzt hingehen werde, sie leider, wo sie es doch so schwer mit dem Fortbewegen habe, nicht mitnehmen könne. Madame ist zufrieden, er solle nur gehen.

Kaum daß er weg ist, vertraut sie sich mir an, sie habe, als sie den Jungen da vorhin habe liegen sehen, an sich denken müssen, sie hoffe, sie würde ebenso schnell wie er sterben. Lieber würde sie sterben, als sich operieren lassen, sie hasse Krankenhäuser und hasse Operationen. Ich habe zuvor noch nie gehört, daß Madame Piper etwas gehaßt hätte. Ich will ihr Zeit lassen und zuhören, ich versuche mir vorzustellen, wie sie sich in einem Krankenhaus fühlen müßte, aber sie schweigt. Ich frage, ob sie nicht weiter reden wolle, sie schüttelt den Kopf. Erst als ich aufstehen und mich der Abrechnung widmen möchte, mit der ich die Tage anfangen muß, sagt sie: Weißt du, Kind, ich habe in meinem Beruf ja nicht lang gearbeitet, aber das hat mich nicht verdrossen, denn es hat immer viel zu tun gegeben in meinem Haus und in dem kleinen Garten, ich habe dir ja schon oft von ihm erzählt, den ich nahe der Stadt in der Gartenkolonie angemietet habe. Dort habe ich auch öfter Kollegen aus dem Shoppingverein empfangen und mußte Kuchen backen und Unkraut jäten. Sie ächzt und setzt sich in ihrem Sessel zurecht. Ich sage, ich müsse jetzt die Abrechnung machen, ich gehe nach nebenan, das stört sie nicht, sie hebt einfach ihre Stimme und spricht etwas lauter, daß ich sie noch verstehen kann. Diese Jahre der Arbeitsamkeit hatten ihr nachhaltig diese entsetzliche Erschöpfung beigebracht, die sie hier bei mir auszukurieren gedenkt. Ich dürfe mich glücklich schätzen, daß ich alles unter einem Dach habe, nicht wie sie, den Garten so weit entfernt. Deshalb habe sie den Garten auch aufgegeben, deshalb, und weil Susi eines Tages gestorben sei, ich könne mich sicher an Susi erinnern. – Madame hatte Susi bis vor gut zwei Jahren überallhin mitgenommen. Da in mein Hotel keine Tiere mitgebracht werden dürfen, hatte sie Susi im Ort in die Tierpension gebracht, wo sie sie jeden Morgen abgeholt und abends wieder hingebracht hatte. Susi war eine kurzlebige Erfindung, sie war insgesamt nur dreizehn Monate alt geworden, Herzfehler, ich kenne die Krankheitsgeschichte. Mir fällt ein, daß ich ein Bestattungsinstitut anrufen muß. Es gibt zwei Bestattungsinstitute. Das eine möchte ich nicht anrufen, weil es denselben Namen trägt wie ein Junge, den ich schrecklich fand, mit dem ich früher zur Schule gegangen bin, und ich vermuten muß, daß es sich um ein Familienunternehmen handelt, dessen Juniorchef besagter Junge inzwischen ist. Das Buch mit den Abrechnungen liegt ganz unten in dem Regal links vom Empfangstisch, wo sich oben die Post- und Schlüsselfächer befinden. Ich sitze über den Seiten, auf denen die Zahlen des letzten Monats stehen, viele, zu denen sollen die von diesem kommen, ich habe wenig Lust, die ganze Schreibarbeit zu machen. Hätte ich mehr Geld, würde ich jemanden dafür bezahlen, damit er sie erledigt. Ich nehme den Bleistift und spitze ihn an, er ist mir immer noch zu stumpf, bis die Miene oben anstößt und abbricht, ich muß von neuem spitzen.

Die Tür geht auf und der Koch kommt herein, er pfeift ein Lied, hat gute Laune, ich kann sein Pfeifen nicht leiden, es ist mir schon am ersten Tag unangenehm aufgefallen. Er zwinkert mir zu, er fragt, was ich heute essen wolle, das ist mir egal, er soll sich selbst etwas ausdenken, bloß nicht wieder Fisch. Er fragt, ob ich Hasenläufe mag. Bloß nicht, sage ich, die hätte ich noch nie gegessen und werde es auch nicht. Gut, sagt er, grinst und pfeift vor sich hin, dann werde er also Hasenläufe und mit Cognac lasierte Himbeerspieße machen. Er freut sich, eine Salbeisuppe vorweg. Ich finde seine Ideen etwas übertrieben, so ist mir noch keiner gekommen, das sage ich ihm auch. Er sagt, ich werde schon sehen, solle ihn nur machen lassen. Er möchte mir einen Zettel schreiben und mich einkaufen schicken. Ich mag das Einkaufen nicht. Ich sage ihm, er solle selbst gehen oder Berta schicken, ich könne nicht, weil ich die Abrechnung machen müsse. Er verschwindet pfeifend in der Küche. Ich spitze den Bleistift an und bemühe mich, sehr konzentriert auszusehen. Der Koch hat kein Wort über den gestrigen Abend gesagt, ich mag ihn nicht darauf ansprechen. Was sollte ich auch sagen? Ich habe auf dich gewartet? Er könnte mich kleinlich oder einfältig finden, daß ich sein Versprechen so ernst genommen habe. Er kommt aus der Küche zurück und behauptet, Berta habe keine Zeit, er auch nicht, also müßte ich gehen. Ich sage, das ginge nicht, und will anfangen, ihm zu erklären, warum nicht. Aber der Koch ist an meinen Erläuterungen nicht interessiert. Das mit der Abrechnung, sagt er, hat er verstanden, er bietet an, die könne er auch später machen, so etwas in der Art habe er schon mal gemacht, keine Sorge, er könne rechnen, auf ihn sei Verlaß, also los, mit den Hasenläufen müsse er zeitig anfangen, und ich könne auch gleich Auberginen mitbringen, die wolle er für den nächsten Tag marinieren. Das Angebot mit der Abrechnung will ich nicht abschlagen, es verführt mich, also nehme ich die Taschen, den Zettel, und gehe.

Im Laden packe ich drei Tüten mit den Wünschen des Kochs, die sind schwer. Ich ärgere mich, daß er mich zwingt, sie für ihn ins Hotel zu tragen, schließlich, was könnte ich heute abend ohne ihn schon kochen. Rührei mit Lauch oder Rührei mit Speck, und das, obwohl Herr Hirschmann heute vormittag gekommen ist? Unmöglich. Ich schleppe die Tüten, zwei in der einen, die dritte in der anderen Hand, ich muß noch zur Fleischerin. Die Fleischerin schaut mich voll

Mißtrauen an, sie geht hinter zu ihrem Mann, vielleicht könne er die abschlagen, Hasenläufe, die hätte ja noch keiner gewollt. Sie brummt vor sich hin, ich nehme es nicht persönlich, ich kenne sie lange, das macht sie bei jedem. Die Kunden, behauptet Berta, mögen sie, gerade für ihre Zuverlässigkeit, die sich in dieser Eigenart zeigt.

Da, sagt sie, als sie zurückkommt und mir die Tüten mit dem sperrigen Fleisch über die Theke reicht. Ob ich mit dem Auto da sei? Ich schüttele den Kopf, die seien nämlich schwer und umständlich zu tragen. Ich bezahle die Knochen und gehe. Vielleicht sollte ich dem Koch ein Haushaltsgeld anbieten, damit er einen kleinen Überblick erhält, was seine Einfälle so verursachen. Auf dem Heimweg zähle ich mein Geld. Es sind wenige Münzen übrig, dabei war ich erst am Montag bei der Bank. Eine der Tüten, die mit den Auberginen, reißt, die Auberginen kullern über den Gehsteig. Die Tüten mit den Hasenläufen bleiben nur stehen, wenn ich sie nebeneinander stelle und die Knochen wie ein Zelt ineinander verhake. Dann erst kann ich die Auberginen einsammeln. Ich muß die Tüte an den Zipfeln der ausgerissenen Henkel tragen.

Kurz vor dem Haus treffe ich auf Anton Jonas, der mich nicht zu bemerken scheint. Er kehrt von seinem Spaziergang zurück, die Hände hinter dem Rücken zusammengelegt, mit dem Oberkörper leicht nach vorne gebeugt und in jedem Fall das Gesicht denkend auf den Boden vor sich gerichtet. Ich bin sicher, so sieht er bei jedem seiner Spaziergänge aus. Vielleicht hebt er vorne an der Bucht das Haupt, kühn nach Westen gerichtet, als könnte er kein anderes Ufer am Horizont erkennen, als könnte sein Auge nur Weite sehen. Etwa fünf Meter vor mir öffnet er das Tor zum Vorgarten, er muß mich gehört haben, meine Schritte, zwar windet es ein wenig, aber nicht stark genug, um mich zu überhören. Das Tor läßt er hinter sich ins Schloß fallen, ich muß meine Tüten absetzen, um es zu öffnen. Ich gehe den Kiesweg zum Haus und drücke die Eingangstür auf, ich lasse die Tüten gleich neben der Tür auf dem Sessel stehen, der Koch soll sie sich selbst in die Küche holen, das will ich ihm sagen. Wie ich mich der Küchentür nähere, höre ich Anton Jonas, den ich noch niemals habe die Küche betreten sehen, wie er darin mit dem Koch plaudert. Er lobt seine Künste und sagt ihm, das sei der Grund, warum er die nette Frau Hinrichs eingeladen habe, kein anderer Grund sonst, als daß sie, als er ihr soeben vorne an der Bucht bei seinem Spaziergang begegnet sei, ihm erzählt habe, sie sei seit kurzem allein zu Haus, nun sei sie auch von der letzten Tochter verlassen worden, da würde sich das Kochen nicht mehr lohnen. Zwölf Pfund hätte sie seither eingebüßt. Das könne er, Anton Jonas, doch nicht zulassen, schließlich kenne er die Frau schon seit Jahren, nun, das ließe sich sicher auch klären, vielleicht würde er, Anton Jonas, Berta etwas Geld in die Hand drücken, damit es keine Schwierigkeiten gebe. Der Koch sagt, er fühle sich geschmeichelt, er habe schon letzte Woche, als er angefangen hätte, überlegt, warum mit einer so netten Lokalität nicht auch auswärtige Gäste angesprochen würden. Er spiele mit dem Gedanken, mich zu fragen, ob man das in Zukunft nicht anstreben solle, indem man im Ort gezielt für seine Küche werbe, aber er wolle noch einen günstigen Zeitpunkt abwarten, mich das zu fragen. Ich denke, das ist nett von ihm, wage mich aber nicht mehr in die Küche, weil ich die traute Unterredung der beiden nicht stören mag. Berta kommt die Treppe herunter, sie trägt über dem Arm Handtücher und Bettwäsche, sie entschuldigt sich, ob ich ihr helfen wolle? Sicher, gern will ich das. Sind das nicht die Augenblicke, in denen ich mich besonders wohl fühle? Wenn jemand mich um eine seltene Gefälligkeit bittet, die mich nicht aus dem Haus scheucht? Ich folge ihr in den Keller und helfe ihr, die Wäsche zu ordnen.

Wieder oben sehe ich, daß der Koch sich die Tüten geholt hat, ich setze mich hinter meinen Empfangstisch und warte angestrengt darauf, daß er kommt und mich in die Angelegenheit mit Anton Jonas einweiht, immerhin ist auch mein Name gefallen, man wollte mich um eine Zustimmung bitten, wenn ich mich nicht täusche. Ich muß mich täuschen. Er kommt nicht.

Gegen Mittag gehen Niclas und Elisabeth aus, sie wollen auf einem Schiff essen, das in der Bucht verkehrt. Sie wollen dort Kollegen von ihm treffen, er ist Versicherungsagent. In ihrer Freizeit trifft sich seine Crew zweimal jährlich auf dem Dampfer, dort ißt und trinkt die Crew nach Herzenslust, tanzt auch mal bis in den späten Abend, das erzählt Elisabeth Berta, sie freut sich, als Angetraute nun teilnehmen zu dürfen, Niclas freut sich mit ihr. Sie sagen Berta auch, daß sie für frische Handtücher sorgen solle, daß das Frühstück gut gewesen sei und Berta daran denken solle, für Blumen zu sorgen. Sie bedanken sich bei Berta herzlich im voraus, man sieht ihnen an, daß sie Berta mehr mögen, als Berta wohl jemals einen Gast hat mögen wollen. Berta bleibt freundlich, sie nickt und entschuldigt sich, daß die frischen Handtücher nicht schon längst oben liegen. Sie verabschieden sich, Berta hält ihnen die Tür auf und entläßt sie. Dann geht Berta an mir vorbei, sie hat sehr weiche Sohlen, Gummisohlen, auf denen man sie kaum hören kann, sie lächelt mir ein kleines falsches Lächeln zu, das darf sie, ich kenne sie nicht umsonst schon so lang. Berta geht nach hinten in die Kammer und holt die frischen Handtücher, die sie nach oben trägt. Im Vorbeigehen sagt sie leise, ich solle die Tage daran denken, Seife zu besorgen, der Vorrat reiche nicht mehr weit. Ich nicke.

Am Abend, ich sitze hinter meinem Empfangstisch und lese Zeitung, kommt eine Dame herein, die sich als Frau Hinrichs vorstellt. Sie sei eingeladen worden, hier zu Abend zu essen, Anton Jonas habe ihr gesagt, daß es einen neuen Koch gebe, der unerhört koche. Sie sieht mich an, ihre Augen glitzern, ob sie hier vorne gleich ablegen solle? Man hat sich mir zwar noch immer nicht anvertraut, aber ich sage ja, bin gar so freundlich, ihr den Regenmantel abzunehmen, sie hat auch einen Schirm dabei.

Es hat noch nicht geregnet, sagt sie, aber man kann ja nie wissen. Ich hänge ihren trockenen Regenmantel über einen Bügel in die Garderobe, die der Tischler seinerzeit unter der Treppe angelegt hat. Seit er diese Garderobe dort eingerichtet hat, haben nur einmal Mäntel dort zum Trocknen gehangen, das war bei der Beerdigung meiner Mutter, jetzt hängt Frau Hinrichs Mantel dort, etwas verloren, ich stelle den Schirm dazu. Frau Hinrichs streicht sich über das Kleid und prüft im Spiegel, ob ihre Kette gerade sitzt. Ich bitte sie, mir zu folgen, das tut sie gern. Sie habe zwar schon gehört, sagt sie, sei aber all die Jahre, bis auf ein einziges kurzes Mal, als meine Mutter noch gelebt habe, nie hier gewesen, um so besser, es ausgerechnet heute abend zu sein. Ich frage nicht, was ausgerechnet den heutigen Abend so besonders für sie macht.

Im Eßzimmer zündet Berta Kerzen an, sie heißt Frau Hinrichs willkommen, die beiden scheinen sich zu kennen, vielleicht aus dem Ort. Es ist Frau Hinrichs aber unangenehm, sagt sie, die erste zu sein. Berta beruhigt sie, die anderen kämen gleich, sobald ich sie riefe, Frau Hinrichs solle sich nur schon einmal hinsetzen, ob sie einen Sherry wolle oder Campari? Bitter ohne Alkohol, wenn möglich. Berta weiß nicht, ob wir so etwas haben, nein, sage ich, so etwas haben wir nicht. Berta entschuldigt sich, mehr für mich und den fehlenden Bitter als für ihre Unwissenheit. Frau Hinrichs nimmt auch Campari mit Alkohol, wenn es denn sein muß. Berta geht in die Küche, um ihn zu holen. Ich gehe zu meinem Empfangstisch und drücke den Knopf für den Gong, der durch die Lautsprecher schallt. Anton Jonas mag auf dem oberen Treppenabsatz gewartet haben, denn beim ersten Gongschlag setzt er seinen langen Körper in Bewegung und kommt herab, er geht an mir vorbei und betritt das Eßzimmer, wo er Frau Hinrichs begrüßen kann. Ich bin froh, daß Frau Hinrichs nicht zu meiner Altersgruppe gehört und somit auch nicht zu der der kindlichen Tänzerin von Anton Jonas. Diese Tatsache erlaubt mir, mich auf einen entspannten Abend einzustellen. Die Kinder vom Vortag sind samt Mutter weg, auch Hartwig und Ivo sind nicht mehr dabei. Wobei, Ivo liegt noch immer oben, denke ich, es wundert mich, daß die Polizeibeamten nicht wiedergekommen sind. Möglich, sie haben ihn vergessen, möglich auch, sie hatten einen anderen, wichtigeren Einsatz oder aber ihre Polaroids nicht gefunden. Das Bestattungsinstitut habe ich bisher nicht angerufen. Ich denke, das kann ich auch noch machen, wenn die Polizei da war und die Klebestreifen von der Tür entfernt hat.

Niclas und Elisabeth haben auf dem Schiff nicht essen können, es sei ihm schlecht dort ergangen, er habe nicht gewußt, daß er seekrank wäre, das sei neu, hätte zwar die Crew der Versicherungsagenten bitter enttäuscht, um so besser aber, auch für sie, so könnten sie die neuen Zaubereien des Kochs probieren. Hirschmann will das auch, er hat sich ausgeschla‚ fen und ist hungrig, er möchte neben Berta sitzen, die hätte er ja nun schon fast zwei Jahre nicht gesehen. Berta setzt sich. Sie gibt mir ein Zeichen, das niemand außer mir bemerkt, es zeigt nach oben, sie meint, ich soll Madame nicht vergessen. Also gehe ich hoch, um sie zu holen.

Ich muß den Fernseher ausmachen und ihr das Abend‚ kleid überziehen. Madame sagt, sie habe Berta gebeten, ihr Unterlagen ins Bett zu legen. Madame möchte, daß ich ihr die Haare kämme, geschminkt hat sie sich schon selbst. Ich tue, was sie verlangt, und greife ihr hinterher unter den Arm, um sie die Treppe hinunter und ins Eßzimmer zu befördern. Sie braucht wie immer sehr lange, will auf jeder Treppenstufe verschnaufen, ich sage ihr, dafür sei jetzt keine Zeit, sie aller‚ dings hat beschlossen, sich schwerhörig zu geben.

Wir treffen im Eßzimmer ein, die anderen plaudern im Kerzenschein und schmieren sich eine Paste auf die Brot‚ stückchen und essen salzige Mandeln, der kleine Aperitif mundet. Madame möchte gerne auf den Stuhl, den man ihr freigehalten hat, zwischen Anton Jonas und Berta, die wieder mitessen darf, einen Löffel Suppe, einen winzigen Bissen, eben so viel und so sehr, als koste sie von ihrem Knäckebrot. Ich sitze, wie auch gestern und die meisten Abende, allein an meinem Tischende, zwischen mir und Elisabeth sind nach links drei Plätze frei, zwischen mir und Hirschmann zur anderen Seite ebenso viele. Der Koch, der die Salbeisuppe serviert, fragt mich heute nicht noch einmal, ob ich alleine hier sitze, er ist beschäftigt, Fragen über seine Kunst und Herkunft zu beantworten, die Anton Jonas ihm stellt, um ihn Frau

Hinrichs vorzuführen. Der Koch hat nichts gegen Vorführungen, er geht darin auf, er strahlt, er gibt knappe Antworten, hinter denen eine geheimnisvolle Welt lauert. Er sagt, er habe nach allen Regeln gelernt, daheim, bei Gonzales, sei er mit den Fischern morgens aufs Meer gefahren, es sei noch dunkel gewesen, sie hätten mit Taschenlampen über das Wasser geleuchtet, um die Fische anzulocken, und er habe selbst seine Fische eingeholt. Dann muß er in die Küche, die Suppenterrine abstellen und sich um die Vorbereitung des nächsten Gangs kümmern. Madame erzählt, daß sie beinahe einmal nach Kuba gefahren sei, sie hätte bei einem Kreuzworträtsel gewonnen, aber es sei nichts geworden. Sie möchte auch ein Geheimnis um sich machen. Niemand fragt sie, warum es nicht geklappt hat.

Herr Hirschmann flüstert mit Berta, das machen die immer so, wenn sie sich wiedersehen, sie flüstern eine kleine Weile, dabei hüllt Hirschmann sie beide in eine graue Wolke, in die er ab und an, wenn er einen Moment schweigt, um zu hören, was Berta ihm mitteilt, kleine braungraue Ringe bläst, er raucht lange, dünne Zigarren, so flüstern sie manchmal den ganzen ersten Abend, und danach lassen sie sich auf Unterhaltungen mit jedermann ein, ganz, als hätten sie sich nie etwas zu sagen gehabt oder geflüstert. Die Augen von Frau Hinrichs glänzen. Sie staunt über die Salbeisuppe und darüber, daß Anton Jonas ein Buch geschrieben haben will, von dem sie noch nicht gehört hat. Es gefällt ihr, sagt sie, wie Berta das Haus so wohnlich gestaltet habe, durch sie hätte das Haus nach dem Tod meiner Mutter eine ganz warme Atmosphäre erhalten, der Wein sei vorzüglich, woher? wie? Ach ja, Petrus, den habe sie schon einmal getrunken. Ihre Lippen haben sich von dem Wein dunkelrot verfärbt, ihre Wangen glühen auch ein wenig, und die Augen hören nicht auf zu glitzern, es gefällt ihr so gut.

Der Koch trägt die Teller hoch über sich in der Luft, läßt die ersten bei Madame und Frau Hinrichs landen, den dritten bei Elisabeth, den vierten bei Berta. Die Hasenläufe sehen aus wie gefällte Baumstämme, er hat etwas Grün dazwischen gesteckt, das wie Büsche durch die Stämme wächst. Die Himbeeren glänzen an ihren Spießen, Madame ruft ah und oh, sie lacht ohne Grund. Ich entdecke, was Madame Pipers Lachen zu dem einer Robbe macht: das Schnurrbarthaar. Anton Jonas ist noch immer stolz, so einen guten Koch vorführen zu können, er stößt auf den Koch mit den Nachbarsdamen Hinrichs und Piper an. Man könnte meinen, er selbst habe den Koch ausfindig gemacht. Ich bin sicher, hätte der Koch sich nicht selbst ins rechte Gerede gebracht, hätte es Anton Jonas mit Freuden übernommen, er weiß schon einiges aus der Biographie des Kochs zu berichten. Der Koch bedient erst die Damen, dann die Herren, mich ganz zum Schluß.

Als er zu mir kommt, sage ich ihm, ich hätte keinen Hunger mehr, und stehe auf. Er darf die gefällten Baumstämme mitnehmen, er kann sie in der Küche selbst essen, wenn er mag. Ich gehe ihm voraus, frage, ob ich ihm helfen kann, mit dem Dessert oder etwas anderem. Er sagt nein, ich glaube, ihm anzusehen, daß ihn meine Kostverweigerung gekränkt hat, er nimmt sich keinen einzigen Augenblick, mich anzusehen. Ich könne das Geschirr in die Spülmaschine ordnen, solle ihm den Rum reichen, damit er flambieren könne. Ich sehe zu, wie schnell und sicher er sich von einer zur nächsten Bewegung jagt. Dann soll ich das Licht löschen, ich tue ihm den Gefallen, bleibe aber in der Küche, er trägt die eisernen

Schalen an mir vorbei, halte ein Streichholz an jede, und draußen ist er, ich höre die Gäste klatschen, sie staunen. Ich sehe mich in der Küche um, er hat einiges umgeräumt, das hat fast jeder Koch zu Anfang getan, seine eigene Ordnung verwirklicht. Eine Untertasse muß ihm runtergefallen sein, sie liegt zerbrochen auf dem Fensterbrett. Die Stimmen sind mir unerträglich laut. Eine Frau kräht, das muß Elisabeth sein, ich verdächtige sie seit vorhin, ein Huhn zu sein, ein mutiertes Huhn, das nicht gackert, sondern kräht, mehr weiß ich über sie nicht. Es ist mir bisweilen anstrengend, viel über jeden zu wissen, deren Gedanken zu denken. Oft will ich das Bedürfnis, sie mir eigen zu machen, abschaffen. Nicht glauben, ich kennte jeden. Ich stelle fest, ich ertrage die Fröhlichkeit immer weniger, um so mehr erscheine ich mir alt und häßlich, mit versäuertem und ganz klein geschrumpeltem Herzen, das nur noch Neid und Mißgunst gegen jedes Anzeichen von Lebendigkeit hegt. Rund um mein winziges und angefressenes Herz hängen Parasiten, Menschen, derer ich mich nicht entledigen konnte, drinnen ist kein Platz mehr, für mich nicht und niemanden sonst, da gibt es kein Drinnen mehr, die letzten Maden sind längst geflohen. Diese Vorstellung graust mich, sie ist mir nicht geheuer. Ich gehe durch den Flur, lasse die Stimmen beiseite, nach oben, lasse das Lachen unter mir zerfallen, in mein Zimmer, dort habe ich beinahe Stille, das Geplauder ist fern. Das Licht ohne Lampenschirm ist kalt, ich hänge ein Tuch über die Birne.

Ich setze mich in einen Stuhl und warte, ich warte darauf, daß die Stimmen unten verstummen, daß das Gelage ein Ende nimmt, daß Frau Hinrichs nach Hause geht und die anderen Gäste in ihre gewohnte Ruhe zurücksinken.

Es klopft an meiner Tür, einige Zeit muß vergangen sein,

ich hatte die Augen geschlossen, der Koch steht draußen, was er will, will er nicht sagen, er will reinkommen, ob ich ihn endlich in mein Zimmer bitte. Unten lärmt es ungebrochen. Bitte, ich lasse ihn, öffne die Tür, erst mit dem Schlüssel, dann mit der Klinke, ich muß etwas ziehen, weil sie klemmt. Ich bin aus der Übung, Besuchern meine Zimmertür zu öffnen, die Aufregung steht mir im Weg. Er steigt mit einem großen Schritt über die CDs und läßt sich in den Sessel plumpsen. Ich gehe ihm nach und ziehe ein paar Anziehsachen unter ihm hervor, die ich sachte auf den Boden lege. Er gibt sich erschöpft, seine Ärmel sind noch aufgekrempelt, er wischt sich mit dem Rücken des Unterarms über die Stirn, sieht sich um. Mir fällt auf, daß es nicht besonders aufgeräumt ist. Anziehsachen stapeln sich auch auf dem anderen Sessel, der in der Ecke des Zimmers steht. Der Lampenschirm ist schon vor längerer Zeit abgefallen, ich habe ihn noch nicht wieder angebracht, also liegt er daneben. Das Tuch, das statt dessen über der Birne hängt, hat Mottenlöcher. Neben den CDs liegen Zeitungen auf dem Boden, leere Teetassen, ein Zuckerstreuer. Aber auch Vergängliches fällt mir auf, die Suppenschüssel, die ich da hinten sehe, erkenne ich, sie ist einige Tage alt, in ihr blüht es, unter dem Schimmel dürfte sie noch mit einem Rest gefüllt sein. Die muß er nicht sehen, ich stelle mich zufällig davor.

Er fragt, ob ich mich zu ihm setze, das geht nicht, wegen der Suppenschüssel. Ich schüttele den Kopf, ob er Musik hören möchte? Nein, will er nicht. Ich verschränke die Arme und wippe von einem Fuß zum anderen. Ich denke, ich könnte auch warten, bis es draußen ganz dunkel ist, und das Licht löschen, dann wäre die Schüssel nicht mehr zu sehen. Das könnte mir aber zu lange dauern. Ich frage ihn, was er denn sonst wolle. Er gibt sich schüchtern. Man habe ihn unten gefragt, ob man nicht morgen wieder Gäste von außerhalb einladen dürfe, es muß wohl geschmeckt haben, man glaubt, seine Küche würde gut ankommen. Ich möchte ihm gleich nein sagen, ich will nicht, daß er unter meinem Dach Erfolge feiert, ich gönne ihm die Arbeit, nicht aber den Spaß.

Was ist? Er wartet auf meine Antwort. Ich kann sie ihm nicht geben. Übrigens, meint er, ich habe von dem Unfall gehört.

Welchem Unfall?

Na, der Junge von gestern, der sich mit dem Stuhl heute früh das Genick gebrochen haben soll.

Ach so, sage ich, Ivo hat der geheißen. Ich will auch darauf nicht näher eingehen.

Gerade habe ich gesehen, die Tür zu dem Zimmer ist noch abgeklebt. Soll das heißen, der Junge liegt noch nebenan?

Wahrscheinlich, wenn ihn keiner beiseite geschafft hat.

Und was passiert mit ihm?

Keine Ahnung, sage ich, die Polizei will ihn nochmal fotografieren. Danach wäre wohl ein Begräbnisinstitut zuständig.

Nun, dann kannst du das Geld doch gebrauchen, das ich mit dem Essen morgen machen werde, ich nehme an, der Knabe wird dir keine Miete mehr zahlen.

Da muß ich dem Koch recht geben, von mir aus, soll er kochen, ich wolle ihm aber gleich sagen, daß ich morgen nicht einkaufen könne, ich hätte anderes zu tun. So, will er wissen, was das denn wäre? Ich sage ihm, das ginge ihn nichts an, es sei eben so, er müsse selbst den Einkauf erledigen. Im übrigen kann er die Preise für das Essen selbst festsetzen, ich wüßte eh nicht, was er sich da ausdenken würde. Der Koch dankt mir, er meint, er könne mir gar nicht genug danken, wenn ich wüßte, was ich ihm da sage, was ich ihm hier ermöglichen würde. Ein Traum würde für ihn wahr! Er möchte später noch einmal zu mir kommen, mit mir sprechen. Ich bringe ihn zur Tür.

Ich kenne seine Versprechen, es ist mir unangenehm, soviel Dank für etwas zu bekommen, das ich nicht wirklich gegeben habe. Andererseits erfüllt es mich mit einem anregenden Gefühl, Ursache für seine Freude zu sein, das habe ich erst selten empfunden. Ich denke, nun bin ich eine Diebin, die sich seinen Dank erschlichen hat, ich sage mir, ungewollt.

Ich suche die umherliegenden Anziehsachen zusammen und stopfe sie in den Kleiderschrank, die Suppenschüssel schiebe ich unter das Bett, die CDs auf einen Haufen, Gläser und eine leere Saftflasche, fast leer, auch die mit Frischkultur, auch die ungewollt, ordne ich unter der Heizung an, da sieht man sie nicht sofort.

Nachdem ich auch noch das Geld und andere Kleinigkeiten aufgehoben, in eine Tüte gesteckt habe, die ich ebenfalls in den Kleiderschrank stelle, lege ich mich auf das Bett.

Es ist heute kühler als gestern.

Ich schließe die Augen.

Bald wache ich davon auf, daß es an der Tür kratzt, ich frage, wer da ist, der Koch antwortet mit einem Knurren, ich solle ihn einlassen. Aus Höflichkeit lache ich ein wenig über sein Verhalten, er ist in gehobener Stimmung, vielleicht sollte ich ihn festhalten, ist ein wenig angetrunken, zwinkert mit beiden Augen, ob er sich in mein Bett legen dürfe. Wie ein Blinder streckt er seine Hand nach meinem Bett aus und läßt sich an mir vorbei darauffallen. Er reibt seine Nase in das Kissen. Ich lege mich neben ihn. Er küßt mich von oben bis unten, er rülpst, küßt weiter, einen Augenblick lang hält er inne, um mir zu sagen, daß er sich meine Brüste anders vorgestellt habe, er wolle ehrlich sein, auch die Form der Innenschenkel hätte er sich anders gedacht, aber das sei nicht weiter schlimm. Wie, will er nicht sagen. Das, er bekommt einen Schluckauf, hätten mir vielleicht schon andere gesagt, nein, er wolle aus Prinzip nicht sagen, was andere schon gesagt hätten, und überhaupt sei er nicht dazu da, mich zu kränken. Er küßt mich weiter. Später nimmt er den Gedanken wieder auf, er meint, er würde Überraschungen nicht schlimm finden, eigentlich würde er sie sogar mögen, die Überraschungen.

Er ist des Küssens müde und fragt mich, ob ich schon einmal woanders als hier gewesen sei. Ich sage ja, in der Haushalts- und Hotelfachschule, mit sechzehn, nach der Schule, damals hätte meine Mutter gefunden, ich sollte dort etwas lernen. Die Schule wäre drei Jahre gegangen, ich hatte ein kleines Zimmer im Anbau der Schule bewohnt. Doch dann wurde mir die Schule langweilig. Ich habe sie vorzeitig verlassen. Der Koch fragt nach, ob ich das ernst meine, wirklich langweilig? Ja, sage ich. Ich stelle mir lieber vor, die Schule sei zu langweilig gewesen, als daß ich zu schlecht war. In den Augen meiner Mutter war ich nicht schlecht, aber faul und deshalb dumm, sie schwieg darüber lieber, für Dumme hatte sie nichts übrig, wir Dummen gehörten nicht in ihre Gedanken. Ich war nicht nur die einzige Tochter meiner Mutter, sondern auch die Treuste, und immerhin kam ich zu ihr ins Hotel zurück, half beim Bügeln und Einkaufen, machte die Abrechnungen und versuchte mich sogar eine Zeitlang an Steuererklärungen. Der Koch will mich in den Arm nehmen und will, daß wir so einschlafen. Das geht nicht, sage ich zu ihm, ich habe mal einen Freund gehabt, mit dem ich regelmäßig so einschlief und dessen Po mir meinen Bauch gewärmt hatte. Als der sich von mir trennte, war mir sehr lange sehr kalt. Und der Koch müsse jetzt verstehen, daß ich nicht vorhätte, es mir wieder so kalt werden zu lassen. Außerdem hätte ich mir geschworen, nie wieder eine solche Gewohnheit einzugehen. Der Koch schmatzt zufrieden. Er sagt, und ich kann sein Grinsen im Dunkeln nur vermuten, Schwüre seien dazu da, gebrochen zu werden, worauf ich noch warte? Und wenn mich das beruhigen täte, solle ich bloß nicht denken, er lasse solche Abende zur Gewohnheit werden.

Ich starre eine Weile in die Dunkelheit. Ob er jetzt mit mir schlafen will? frage ich den Koch. Der Koch antwortet nicht mehr, er schläft. Ich erinnere mich an die Abrechnung und muß annehmen, daß der Koch sie bei seiner Feierlichkeit da unten vergessen hat. Ich werde ihn morgen darauf aufmerksam machen, er soll nicht nachlässig werden, nur weil es einigen Leuten schmeckt, was er zubereitet.

DRITTER TAG Noch bevor ich Niclas und Elisabeth das Frühstück auf ihr Zimmer bringen kann, erscheint Niclas an meinem Empfangstisch. Er sagt, er habe das mit dem Toten gestern gehört, auch müsse er davon ausgehen, daß sich der Tote noch immer im Haus befinde, da die Tür abgeklebt sei. Ich stimme Niclas zu, es entspricht der Wahrheit, was er sagt. Ja, sagt er, er und seine Elisabeth hätten aber beschlos‑ sen, nicht mehr mit einem Toten auf einer Etage zu wohnen, sie wollten das nicht, ob ich ihnen ein Zimmer in der zwei‑ ten Etage geben könnte. Ich sage ihm, daß das nicht möglich ist, weil erstens dort Umbauten stattfänden und zweitens die Zimmer sehr viel kleiner seien. Das stört Niclas nicht, daß die Zimmer kleiner sind, ich könne dann ja auch im Preis runtergehen. Ich sage ihm, daß ich das nicht will. Er sagt: Falsch, Sie können nicht, Sie haben sich nicht abgesichert, Sie sollten sich damit befassen, daß allerhand Mißgeschicke geschehen können. Und wenn Sie sich nicht rechtzeitig mit der Securitas gut stellen, werden Sie es bereuen. Ich will nicht, wiederhole ich. Das wiederum mag Niclas nicht hin‑ nehmen, er sagt, ich müsse ihm so oder so Preisnachlaß ge‑ währen, weil es für ein Zimmer wertmindernd sei, unter ei‑ nem Dach mit einem Toten zu liegen. Das glaube ich ihm nicht. Ich sage ihm, ich lehne sein Gesuch ab. Er möchte sich beschweren gehen, wo weiß er nicht, zumindest werde er die anderen Gäste ansprechen, ob sie es nicht ebenfalls als störend empfinden würden. Ich sage, das könne er gerne machen. Der Koch ist mit dem Frühstück fertig, er ist aus der Küche gekommen und hat den letzten Rest des Gespräches gehört, er möchte wissen, um was es geht. Niclas erklärt es ihm.

Vielleicht, glaubt der Koch, ist es ratsam, den Toten zu beseitigen.

Ich sage: Das kann ich nicht verantworten. Die Polizei hat versprochen, wiederzukommen und ihn noch einmal zu fotografieren. Da das bisher nicht erfolgt ist, kann ich mich kaum um die Entfernung der Leiche kümmern.

Niclas möchte darüber nicht weiter sprechen, er sagt, er gehe jetzt zu Elisabeth und sie würden überlegen, was zu tun sei. Mit mir wolle er noch ein Wort reden, später, das könne er ja gar nicht mit ansehen, wie tollpatschig ich den Gefahren des Alltags entgegenrenne. Er geht die Treppe wieder hoch. Der Koch fragt, ob er telefonieren könne. Ich muß wissen, wen er anrufen möchte, Ferngespräche würde ich nicht zahlen, er sagt, die Polizei. Er spricht mit der Polizei, dann hält er die Muschel zu und erklärt mir, daß die Polizei den Vorgang in ihren Unterlagen gerade nicht finden könne, ob ich die Namen der Beamten wüßte? Ich muß verneinen. Er spricht weiter, sie scheinen sich zu einigen. Nachdem er aufgelegt hat, sagt er, ich solle einkaufen gehen. Ich möchte ihn daran erinnern, daß ich ihn schon gestern darauf hingewiesen habe, daß ich nicht einkaufen kann. Er drückt mir einen Zettel in die Hand, ich solle nur gehen, er werde sich jetzt um den Toten kümmern. Wie? Das soll ich ihm überlassen, er müsse noch einmal kurz zu sich nach Hause und die Polaroidkamera holen. Wir ziehen unsere Jacken an und gehen zur Tür, ich öffne. Wir gehen den Weg entlang, vorne an der Straße verabschiedet er sich von mir, er müsse jetzt in die andere Richtung, über die Brücke, er legt mir seine Hand auf die Schulter, als seien wir ein eingespieltes Team in Aktion. Nur fühle ich mich so allein gelassen und etwas ratlos, weil ich meinesteils weder meine Aufgabe noch die Mission kenne. Es ist bequem, erleichtert mich, auf den Zettel zu sehen und einkaufen zu gehen. Der Zettel schickt mich in einen Werkzeugladen, wo ich Drähte und Fäden, kleine Haken und Netze kaufen soll. Ich soll auch Zettel aufhängen, die der Koch heute früh kopiert hat. Er wirbt darauf für seine kubanische Küche, die sei ein Geheimtip, wie auch das ganze Ambiente, womit er mein Hotel meint. Der Werkzeugverkäufer sagt, ich könne den Zettel nicht in seinem Laden aufhängen. Das ginge nicht. Er möchte den Zettel sehen, ich zeige ihm einen. Er schlägt vor, ihn seiner Frau zu geben, die später ins Rathaus müsse, vielleicht könne der da hängen. Das ist mir recht, ich sage ihm, was ich kaufen möchte, er sucht die Sachen für mich und schiebt sie über den Ladentisch, er hat eine alte Kasse, die klingelt. Ich muß weiter, ich habe noch viele Zettel zu verteilen.

Mittags kommt der Koch zurück, ihm ist eingefallen, daß er seine Kamera einem Freund geliehen hat. Auch Niclas findet sich wieder unten an meinem Empfangstisch ein und sagt, er und Elisabeth wollten mir sagen, daß sie ungern das Hotel wechseln würden, aber unter einem Dach und auch noch auf einer Etage, einem Boden sozusagen, mit dem Toten, das sei ja wie auf dem Friedhof, dort würden sie ja auch nicht schlafen, ich sollte mir schnell etwas überlegen. Der Koch nimmt mir das Wort ab, er verspricht Niclas, er werde sich darum kümmern. Niclas dankt, dankt wieder, er glaubt dem Koch, er ist froh, daß wenigstens einer sein Problem erkennt und ernst nimmt, er geht die Treppe nach oben. Der Koch verschwindet in der Küche. Ich denke, ich könnte mit der Abrechnung beginnen. Zuerst allerdings muß ich den Bleistift anspitzen, der mir wieder zu stumpf erscheint. Ich bin zwar Hotelbesitzerin, aber keine tüchtige Geschäftsfrau. Wenn ich es genau nehme, ist daran auch meine Mutter schuld, sie hat mich zur Besitzerin gemacht, ich habe nicht darum gebeten. Man möchte meinen, ein Hotel brächte viel Geld, nicht so bei mir. Letztes Jahr war die Bilanz sogar negativ, ich nehme an, dieses Jahr wird es eher schlechter als letztes Jahr aussehen. Ich habe schon mit dem Gedanken gespielt, das Hotel zu verkaufen. Da ich aber nicht weiß, was ich statt dessen besitzen könnte, und Herr Hirschmann nie müde wird zu sagen, Geld auf der Bank sei Unsinn, behalte ich es.

Auf Socken kommt jemand die Treppe herunter, schlendert, es ist wieder Niclas, der seinen roten Aktenkoffer bei sich trägt und ihn vor mir auf den Tisch legt. Ohne Schuhe erscheint er mir besonders kurz, sein Kopf reicht so gerade über den Rand meines Empfangstisches. Er schiebt seine Brille auf die Nase und sieht mich ernst an. Seine Brille ist ebenfalls rot, soll vermutlich flott aussehen. Wissen Sie, ich kann das nicht zulassen, Sie sind so jung und grün, und es könnte so viel passieren, von dem Sie nicht zu träumen wagen, wir müssen Sie doch schützen, sehen Sie, die Securitas hält einige Pakete genau für Fälle wie Ihren bereit. Er öffnet seinen Aktenkoffer und nimmt einige Broschüren hervor. Sehen Sie, hier haben wir ein Schnupperangebot. Eine Hausratsversicherung mit besonderen Anteilen, die normalerweise nur die Haftpflichtversicherung übernimmt. Wirklich geeignet für einen kleinen Haushalt. Aber Sie sind ja kein kleiner Haushalt, bei Ihnen kann doch einiges mehr als nur eine zerbrochene Glasscheibe, ein gewöhnlicher Diebstahl oder eine durchgebrannte Elektroleitung passieren. Wie wäre es zum Beispiel mit einem Rasen, der durch Fremdeinwirkung verunstaltet wird? Wildschweine zum Beispiel.

Gegen die Wildschweine habe ich schon vor Jahren den starken Zaun errichten lassen. Den haben Sie doch gesehen?

Nun, gegen Wildschweine in einem Herbststurm hilft bekanntlich wenig. Was machen Sie also, wenn dieser eine Herbststurm samt Wildschweinen heute nacht kommt?

Da werde ich wenig machen können. Ich kann mich doch nicht hinstellen und sie wie ein Fluglotse in den Nachbarsgarten winken.

Na also, Ihr Rasen wird verwüstet, umgegraben, zerstört –!

Und die Versicherung stellt Wachtposten auf, die die Wildschweine einfangen?

Sie verstehen mich schon, so dumm sind Sie doch gar nicht, hmm? Das würde Sie ein Vermögen kosten, und mit der Securitas wäre alles gedeckt, Sie müßten nicht einmal die Arbeiter engagieren, das übernähmen alles wir für Sie.

Sehr freundlich von Ihnen, aber ich lasse mich nicht gern bekehren, sage ich und will ihn stehen lassen.

Sie sollen sich doch nicht bekehren lassen! Und jetzt kommt es, hier, sehen Sie – Seite 14, Seite 15: Im Todesfall, stirbt einer Ihrer Gäste, was wir nicht hoffen wollen, steht Ihnen Securitas zur Seite, vom Engel in Weiß, dem Arzt, der den Tod feststellt, über den würdevollen letzten Weg, sprich: Leichentransport, bis hin zu den Hostessen, die den Trauergästen auf dem Friedhof die letzten Rosen für das Grab reichen, sorgen wir für alles. Und unter den näheren Punkten, sehen Sie: selbst die bürokratische Abwicklung mit Polizei, Verwandten und Krematorium werden wir für Sie übernehmen –. Sehen Sie, obendrein gibt es zum krönenden Schluß einen Leichenschmaus je nach religiöser Vorliebe, mit oder ohne Fleisch, mit Musikanten oder Tanzkapelle. Wie wär's? Niclas nimmt die Brille ab, um sie zu putzen, aufzusetzen und so einen noch eindringlicheren Blick auf mich vorzutäuschen.

Ich bedanke mich für Ihre Mühen, aber umsonst, ich sagte Ihnen bereits, ich lasse mich nicht bekehren, ich hatte noch nie eine Versicherung, und dabei wird es bleiben, ich vertraue Versicherungen nicht. Allein der Gedanke, diesen ganzen Verwaltungsapparat mit meinem Beitrag mitzufinanzieren, mißfällt mir, und jetzt Schluß.

Er ist enttäuscht, das verbirgt er nicht, klappt seinen Koffer zu und schlürft auf den Socken zur Treppe, an der Berta ihm entgegenkommt, grüßt und sich entschuldigt.

Berta legt mir einen Schlüssel auf den Empfangstisch, sie fragt, ob sie das Zimmer des Toten machen darf. Ich verneine, das geht nicht, ich denke, wir müssen auf die Polizei warten. Berta denkt das nicht, das merke ich ihr an, aber sie sagt es nicht. Sie geht in den Keller und holt frische Wäsche. Vielleicht dürfe sie lüften? Nein, sage ich, das ginge nicht, wir dürften das Zimmer nicht betreten. Sie trägt die frische Wäsche nach oben.

Herr Hirschmann, der die Treppe herunterkommt, sagt mir, er wolle spazierengehen. Ich nicke, das verstehe ich, das wollen alle Gäste. Er fragt, ob ich ihn begleiten möchte. Das wurde ich lange nicht gefragt, sage ich, meine, es hat mir noch nie einer so eine Frage gestellt. Also? Also ja. Ich gehe, langsam, wie in der Gegenwart von Madame, allerdings nicht aus Rücksicht gegen den Anwesenden, sondern damit jener nicht merkt, wie mich diese Frage erfreut, und nehme meine Jacke, die ich vorhin über den Stuhl am Empfangstisch gehängt habe. Ich will sie anziehen. Mit Erstaunen muß ich feststellen, daß Herr Hirschmann es selbstverständlich findet, mir in die Sommerjacke zu helfen, ich fürchte, er könnte sie schäbig finden. Er öffnet mir auch die Tür, so daß ich erst, als wir den Weg vom Haus weg ans Ufer und zur Brücke gehen, überlegen kann, ob ich jemanden hätte über meine Abwesenheit verständigen sollen.

Während wir unter der Brücke durch gehen, die über dem Weg schon sehr niedrig ist, fragt Hirschmann, ob ich gerne spazierengehe. Seine tiefe weiche Stimme erhält unter der Brücke einen seltsam großen Klangraum, sie wird rauher, sie umgibt mich. Ich weiß nicht, was ich ihm darauf antworten soll, denn ich kann mich nicht erinnern, spazierengegangen zu sein. Wir haben die Brücke hinter uns. Nun, ich glaube nicht, sage ich, meistens muß ich dann nämlich einkaufen gehen, und das mag ich nicht. Herr Hirschmann schweigt, so daß ich meine, ich müßte ihm meinen Standpunkt näher erläutern. Ich sage, ich könne mir gut vorstellen, spazierenzugehen, wenn ich älter sei, nicht aber jetzt, da wüßte ich nicht, was ich auf so einem Spaziergang tun könnte.

Gehen, sagt Hirschmann, Sie gehen einfach ein Stück Weg. Nun, sage ich, das käme mir zu einfach vor. Ich vermute, Herr Hirschmann hat Geschmack an Sätzen, die nachdenklich klingen. Hat er aber nicht. Er sagt, das sei dummes Geschwätz, ich wüßte ja nicht, was ich da rede. Er sieht mich freundlich an, er vermittelt mir den Eindruck, es ist in Ordnung, wenn ich etwas Dummes sage. Ob ich ihm gar eine Freude damit mache? Ob er noch etwas hören will? Ich frage mich fortan ohne Unterlaß, womit ich ihn unterhalten könnte, was ich ihm Kluges sagen könnte, weil ich weiß, daß

er auch kluge Einfälle schätzt. Mir fällt nichts ein. Hirsch‑
mann fragt, ob es mich stören würde, etwas schneller zu ge‑
hen, er mag es lieber schneller, wenn er das Gefühl hat, er
geht und zieht oder bremst sich nicht. Ich versichere ihm, daß
für mich der schnellere Schritt kein Hindernis ist, so gehen
wir schneller.

Ich überlege noch immer, was ich ihm mitteilen könnte.
Er sagt, und ich bin erleichtert, daß er etwas sagt, er genieße
Spaziergänge sehr, die seien entspannend für ihn, da könne er
von den geschäftlichen und lästigen Dingen abschalten.

Das wieder kann ich nicht ganz teilen, aber ich stimme
ihm zu, das ist höflich, glaube ich. Er akzeptiert, obwohl er
ja soeben gehört hat, wie oft und gerne ich spazierengehe. Ihm
gingen da so allerhand Gedanken durch den Kopf, und wenn
ich nichts dagegen hätte, würde er mich gerne mal etwas fra‑
gen. Ich sage, daß er das gerne könne.

Wie ich dazu stünde, Berta eine Gehaltserhöhung zu ge‑
ben, oder ob ich zu knickerig sei? Nun, sage ich und mir fällt
auf, daß ich so jeden Satz an ihn beginne, ich sehe ihn nicht
an und fahre fort: das würde ich gern, aber meine Bilanz im
letzten Jahr war doch nicht so gut, so muß ich fürchten, nun,
ich kann das nicht.

Herr Hirschmann bleibt stehen, ich muß mit ihm ste‑
henbleiben, ich will ihn noch immer nicht ansehen, er mich
aber, und gar nicht nett, ich spüre seine Blicke auf meinem
Gesicht, dringende, die sich durch meine Lider bohren
möchten.

Ich sehe, sagt er, das ist Ihre Sache, und es tut mir leid, daß
ich mich in Ihre Angelegenheiten gemischt habe.

Aber gar nicht, sage ich, ich hätte ja gerne, aber ich kann
eben nicht, das verstehen Sie doch sicher? Herr Hirschmann

geht weiter, schnellen Schrittes, ich muß mich anstrengen, mit ihm mitzuhalten. Wir schweigen. So also ist es, spazierenzugehen, denke ich, bestimmte Dinge, sage ich, während ich versuche, neben ihm zu bleiben, brauchten etwas Zeit, ich müßte erst abwarten, wie die Bilanz dieses Jahres sei. Herr Hirschmann tut mir nicht den Gefallen, langsamer zu gehen, er sieht mich freundlich an und fragt, ob es sein könnte, daß ich einen Gefallen an einer bestimmten Tätigkeit gefunden hätte? Am Warten? Auch er also, sage ich mir, nicke nur für mich mit dem Kopf, auch er also, ich will gar nicht meinen Satz zu Ende denken, so meine ich, von ihm enttäuscht sein zu müssen, auch er also, den ich immer für höflich gehalten und an dessen vornehmer Zurückhaltung ich nie zu zweifeln gewagt –. Nach einer guten Stunde nehmen wir wieder den Weg zum Haus. Ich bin enttäuscht, warum, weiß ich nicht. Er hält mir auch bei der Rückkehr die Tür auf, aber das tröstet mich wenig.

Im Haus gehe ich gleich in die Küche, um zu prüfen, ob meine Abwesenheit irgend auffällig gewesen ist. Der Koch ist sehr beschäftigt, er sieht mich kaum an. Ob alles in Ordnung sei, frage ich. Er sagt ja. Als ich die Küche verlassen will, sagt er, ihm falle ein, daß vorhin ein Polizist dagewesen sei, der aber weder zu der Truppe von vorgestern gehört noch eine Polaroidkamera bei sich gehabt hätte, er wollte nur nach dem Rechten sehen, er wollte aber den Toten nicht sehen, weil er meinte, es würde ihm dann immer schlecht. Sonst nichts.

Das Telefon klingelt, ich gehe nach vorne an meinen Empfangstisch und nehme den Hörer ab. Ein Herr Stöber meldet sich, ob er da bei mir richtig sei, er hätte bei der Fleischerin einen Zettel hängen sehen, wegen dem Essen, ob das stattfinde? Ja, sage ich. Das sei gut, meint er, er erwarte nämlich eine Dame heute abend zum Essen, er habe auch lange nicht mehr gekocht, wie er nun den Kalbsbraten in den Ofen geschoben habe, sei der gleich so fürchterlich verbrannt, daß er nach einer anderen Lösung hat suchen müssen. Ja, sage ich. Erst hat er Bratwürste machen wollen, die gingen ja bekanntlich schnell, aber wie er dann bei der Fleischerin den Zettel gesehen habe, da habe er gedacht. Ja, sage ich. Ja, sagt er, er wolle zu zweit kommen, das soll ich notieren, bis später, auf Wiederhören. Ich schreibe eine Zwei auf meinen leeren Block. Berta kommt und geht an mir vorbei, sie zwängt sich hinter den Empfangstisch, um Schlüssel hinzuhängen und welche abzunehmen. Ich denke, mit Berta gehen merkwürdige Dinge vor sich, eine Veränderung findet statt, sie hört auf, sich zu entschuldigen. Vielleicht, bilde ich mir ein, hat Hirschmann mit ihr gesprochen. Oder aber sie hat mit ihm gesprochen, hat ihn instruiert, mich nach der Gehaltserhöhung zu fragen, jetzt ist sie beleidigt und gibt ihre gute Erziehung von mehr als dreißig Jahren einfach so auf. Ich lache in mich hinein, bösartig, denn dergleichen ist Berta nicht zuzutrauen.

Später kommt Berta mit Madame die Treppe herunter, sie zerbricht fast unter der Last, aber sie trägt sie mit Fassung, ich kann ihr nicht die geringste Anstrengung ansehen. Vielleicht ist sie überlastet? Es reicht mir, denke ich, als Berta mit Madame im Eßzimmer verschwunden ist. Ich nehme den Schlüssel, gehe die Treppe hinauf und hole unter dem Bett den Koffer hervor, ich packe ihren Morgenmantel und die Pantoffeln, die Kulturtasche, die Duftwässerchen und die Fotos von Susi und meiner Mutter, die sie im Zimmer verteilt hat, in den Koffer. Er geht kaum zu, ich muß auch noch das besagte Handtuch, welches sie schon bei ihrer Ankunft immer auf das Bett legt, hineindrücken. Ich nehme den Koffer, schließe das Zimmer wieder ab und trage ihn hinunter. Die Nr. 1 ist geputzt und wartet seit Tagen auf einen Bewohner. Ich lege den Koffer auf den Stuhl, ziehe die Vorhänge vor und öffne den Koffer. Ich stelle den Kulturbeutel und die Kosmetika ins Bad, die Pantoffeln unters Bett, lege das Handtuch auf die Überdecke und hänge den Morgenmantel über die Lehne. Die Unterhosen aus Polyester lasse ich im Koffer, sie sollte nicht meinen, ich vergriffe mich in ihren Intimbereich, auch Windeleinlagen aus Zellstoff hat sie in ihrem Koffer, die hat sie in ein blaues Seidentuch eingeschlagen, vielleicht hatte sie schon geahnt, daß sich jemand in ihrer Abwesenheit über ihre Habseligkeiten hermacht. Ich schlage das blaue Tuch wieder zu und lege eine der Unterhosen so darüber, wie ich glaube, daß sie zuvor da gelegen haben kann. Ich schiebe den Koffer unter das Bett. Ich glaube zwar kaum, daß sie die Veränderung nicht bemerken wird, aber man kann ja nie wissen. Ich höre, wie draußen jemand den Kiesweg entlanggeht. Ich schiebe einen Vorhang beiseite. Ich habe eine Hecke anlegen lassen, die so vor den Fenstern steht, daß man den Weg nicht mehr sehen kann. Ich höre, wie nebenan die Eingangstür aufgeht, und gehe zur Tür, öffne sie vorsichtig. Hartwig ist gekommen. Er hat seine lila Reisetasche dabei und sieht sich suchend um, es scheint niemand draußen zu sein. Er stellt seine Reisetasche ab. Er hat sich nicht angemeldet, der zarte Knabe, ich kann mir nicht denken, was er hier will. Er geht zur Treppe und steigt sie langsam hoch. Als er fast bei der Hälfte angelangt ist, schlüpfe ich aus dem Zimmer und schließe lautlos die Tür hinter mir.

Hartwig, hallo! begrüße ich ihn, er zuckt zusammen, kommt wieder einige Stufen zurück, um sehen zu können, wer ihn ruft. Was er denn will. Er sagt, er wollte nach der Todesursache fragen, die hätte ihn interessiert. Im übrigen hätte er heute mittag angerufen und ein Zimmer für die Nacht bestellt. Der Koch habe ihm gesagt, es gebe ein großes Essen, und habe ihn herzlich dazu eingeladen.

Das ist ja nett, sage ich. Ja, sagt er, auch die Leute, wo er den Garten gemacht habe, er hätte ihn jetzt nur gepflegt, nicht gestaltet, hätte er aufgefordert zu kommen. Die hätten das sehr witzig und originell gefunden, sie seien gerne dabei. Ich gehe zu dem Empfangstisch und sehe in das Buch. Tatsächlich hat der Koch eine Reservierung für die Nr. 12 gemacht, er hat in sauberer Druckschrift Hartwig hineingeschrieben. Unter dem Buch mit den Reservierungen liegt das Buch mit den Abrechnungen, es ist noch aufgeschlagen. Auch die Abrechnung hat der Koch gemacht. Ich möchte nicht wissen, wann.

Ich nehme den Schlüssel für die Nr. 12 und gebe ihn Hartwig, der dankt, seine Tasche nimmt und erneut den Weg nach oben macht. Oben trifft er Berta, ich höre das, aber nicht, was sie reden. Sie muß auf ihren leisen Sohlen wieder den Weg aus dem Eßzimmer nach oben geschafft haben, während ich mich in der Nr. 1 mit Madames Gepäck aufgehalten habe.

Ich feile meine Fingernägel, dann massiere ich sie, reines Jojobaöl, aus der Apotheke, besser aus dem Apothekenversand, habe ich in einer Zeitschrift gelesen, damit sie elastischer werden. Ich habe mir vor einiger Zeit auch einen Lack bestellt, der kein Lack ist, sondern sehr pflegend, angeblich luftdurchlässig, soll englisch sein. Ich gehe nach oben in mein Zimmer, den muß ich doch finden, auf dem Schreibtisch ist er nicht, in dem Versandkarton, der hinter der Tür steht, ist auch nur noch die Verpackung. Wo habe ich den Lack nur hingetan? Es riecht etwas, die Suppenschüssel, vielleicht sollte ich die in die Küche bringen, wohl nicht gerade jetzt, wo der Koch da unten hantiert. Ich sehe aus dem Fenster. Es wird schon Abend und dunkler, hinten vom Park her kommt eine Frau, ich kann sie noch nicht ganz erkennen. Wie sie näher kommt und ich ihr Gesicht ein wenig, so gut wie eben von oben möglich, erkennen kann, erscheint sie mir bekannt, ich weiß aber nicht, woher. Ich nehme die Anziehsachen, die ich gestern in den Schrank gestopft hatte, wieder heraus, suche die Taschen durch, dann lege ich sie auf den Sessel, ich habe keine Lust, sie zusammenzulegen. Im Kleiderschrank steht auch unten die Tüte mit den Kleinigkeiten, die ich gestern hineingestellt habe. Ich nehme sie und schütte den Inhalt auf das Bett. Kugelschreiber, Flaschendeckel, ein Gummi, ein Werbeprospekt vom Drogeriemarkt, einige Papiertaschentücher, zusammengeknäult, eine Garnrolle und eine Flasche mit Duftöl Vanille, ein Werbegeschenk vom Versandhaus, das ich Berta zu Weihnachten verehren könnte. Aber den Lack kann ich nicht entdecken. Ich nehme mir das Werbeprospekt zur Brust und lasse mich neben die Kleinigkeiten aufs Bett fallen. Es gibt Seife für 49 Pfennig, außerdem haben sie Kerzenständer im Ausverkauf, die kosten woanders fast das Doppelte. Ich blättere um. Nach der Lektüre muß ich das Licht anmachen, es ist zu dunkel geworden. Ich gehe wieder zum Kleiderschrank und setze die Suche fort. Der Gong durch den Lautsprecher unterbricht mich. Nett von Berta, sehr aufmerksam, ich hatte völlig vergessen, auf die Uhrzeit zu achten. Ich gehe zu meiner Tür und schließe sie auf, dann drücke ich die Klinke und höre unten einige Leute. Eine Zimmertür am Ende des Flures wird geöffnet, ich schließe meine schnell. Niclas und Elisabeth gehen an meiner Tür vorbei, sie sagen sich nichts. Sobald ich sie auf der Treppe nach unten gehen höre, öffne ich abermals die Tür. Ich sollte mir etwas anderes anziehen, ich lehne die Tür wieder an, allerdings müßten die meisten meiner Anziehsachen in die Wäsche gegeben werden. Zum Beispiel die graue Hose, die ist am Hintern etwas dreckig, weil ich mich kürzlich damit auf einen Stuhl im Eßzimmer gesetzt hatte, auf dem einer sein Essen verloren und nicht weggewischt hatte. Also ziehe ich mich doch nicht um. Die Stimmen unten kenne ich nicht, es sind etwas gepreßte Stimmen, einigen wird es unangenehm sein, an einem Ort essen zu gehen, den sie nicht kennen, vielleicht nur vom Hörensagen, das Hotel vorne an der Brücke, sie sind aber auch heiter, bemüht lustig, das schließt sich nicht aus. Der zweite Gong ist der letzte Gong, für diejenigen, die beim ersten unter der Dusche standen oder nicht sicher waren, ob sie ihn gehört haben. Nach dem zweiten Gong gibt es keinen dritten mehr, nach dem zweiten Gong, etwa zehn Minuten später, wenn alle sitzen, wird angefangen.

Daß niemand mehr im Empfang wartet, die Garderobe überfüllt ist und deshalb die Tür offensteht, über die Berta einen Bügel mit Regenmantel gehängt hat, und die Leute schon alle sitzen würden, wenn ich dazukomme, hatte ich nicht erwartet, ich dachte, sie würden vor dem Eßzimmer oder um den Tisch herum stehen, unsicher, wie sonst auch, warten, darauf, daß ich sie zu Tisch bitte. Rauch und Stimmen schlagen mir entgegen, als ich durch die Tür trete. Ich sehe mich um, aber es scheint kein Platz mehr frei zu sein. Dabei hat jemand, vermutlich der Koch, wer sonst, noch den kleinen runden Tisch an das Ende des großen gestellt, um ihn zu verlängern. Dort habe ich als Kind gesessen, am Katzentisch, mit Schüssel und Schaufel gegessen, fernab von den großen Schwätzern. Heute sitzen auch dort Erwachsene, Niclas und Elisabeth und schräg gegenüber, am Übergang zum großen Tisch, ein Mann in meinem Alter, dessen Gesicht ist aufgedunsen.

Ich muß mich entschuldigen, zwänge mich hinter den Menschen vorbei, die mit ihren Stühlen fast an der Wand sitzen, so daß es, zumindest vorne, kein Durchkommen mehr gibt. Sie rücken nur ungern zur Seite, sehen sich auch nicht ganz um, wer sich da hinter ihnen entlangdrängelt, sie bei Tische stört. Ich denke, mein Platz ist, wenn überhaupt, dann noch am Katzentisch. Berta, die sich um die Getränke kümmert, Wein einschenkt, und damit gerade bei besagtem Katzentisch angelangt ist, hat mich entdeckt. Sie winkt mir zu, ich ihr zurück, muß nur noch an zwei Stühlen vorbei, nicht auf den Schal treten, der zweite und letzte Stuhl, der mich noch von dem Katzentisch trennt, wird von einer fülligen Dame um die vierzig eingenommen, die dabei ist, ihrem Nachbarn etwas zu schildern, ich kann sie nicht unterbrechen, das wäre unhöflich, sie findet keine Pause, ich zumindest kann die nicht entdecken, ihr Onkel hätte das nicht gewußt, das sei unglaublich gewesen, aber er hätte es tatsächlich, ja, wohl nicht einmal geahnt, sie macht eine ausladende Geste mit dem rechten Arm und berührt beinahe meine Brust damit, alles, schwenkt wieder zurück, alles weg, und nichts gewußt, der Onkel, sie haut mit der flachen Hand auf den Tisch und sieht gespannt ihren Nachbarn an, ob der die Ausmaße ihrer Schilderung auch so ganz und gar richtig und in all ihren, wirklich allen Möglichkeiten, nein, Tatsächlichkeiten erkannt hat?! Der aufgedunsene Mann gegenüber hört ihr ebenfalls zu. Sie hält inne, der Moment ihres Schweigens ist so sehr mit ihrer Anspannung erfüllt, daß ich mich auch jetzt nicht wage, sie zu unterbrechen. Da sie noch keinerlei Notiz von mir genommen hat, nutze ich den Beginn ihrer nächsten Schilderung, um einen Versuch zu unternehmen, mich doch hinter ihrem Rücken vorbeizuquetschen. Auf halber Strecke, ich klemme gerade zwischen ihrem Stuhl und der Wand, dreht sie sich mit einem Ruck zu mir um, wobei mir der Stuhl noch ein wenig in den Bauch drückt.

Kind! ruft sie, starrt mich einen Augenblick an, entsetzt, so sag doch was! Ich lächele sie an, der Tischnachbar hat sich ebenfalls umgedreht und beobachtet mich aufmerksam. Ich bemühe mich, den Stuhl samt erschrockener Dame mit den Händen anzuheben, umsonst. Sie bemerkt mein Mißgeschick, rückt vor, ich bedanke mich, schlüpfe vorbei. Berta empfängt mich auf der anderen Seite, hat wohl meine Not beobachtet, greift meinen Arm und zeigt mir einen Stuhl, den sie soeben noch von nebenan besorgt hat, auf den ich mich setzen soll, gleich neben Elisabeth. Ich zeige mich dankbar und lasse mich darauf nieder. Niclas würdigt mich keines Blickes, er mag nachtragend sein, sich verschmäht fühlen.

Elisabeth ist fröhlich, wie alle am Tisch, sie lacht mir breit entgegen. Niclas, der an meiner linken Seite sitzt, hat mir ein wenig den Rücken zugewandt, mit dem Ellenbogen hat er sich auf dem Tisch abgestützt und bestätigt seinem aufgedunsenen Nachbarn freundlich eine Meinung, die dieser über den Onkel der Frau erzählt, hinter deren Rücken ich soeben vorbei mußte. Elisabeth sucht, etwas allein gelassen, Beschäftigung mit mir. Sie lacht mich weiter tapfer an. Sie sagt, ich könne stolz auf mich sein, Gastgeberin so herrlicher Zusammenkünfte zu sein. Sie meint es ernst damit, daß sie was Nettes gesagt haben wollte. Aber sie will mich nicht verlegen machen, das traue ich ihr nicht zu, sie entpuppt sich allgemein als sehr gesprächig, dabei ist sie ständig auf der Suche nach geteilten Meinungen. Sie erzählt, wie es ihr im Leben ergangen ist, zündet sich eine Zigarette an, sie hatte schon gleich beim ersten Mann Pech, der war ein Sadist, mochte es, Frauen zu quälen, und wollte sie nicht heiraten. Der zweite, den sie gleich im Anschluß versucht hatte, ähnelte dem ersten fatal. So auch der dritte. Beim nächsten Mann dann habe sie wirklich geglaubt, daß alles anders würde. Aber das war natürlich ein Fehler, der war Zahntechniker und bevorzugte aus politischen Gründen die Polygamie. Ich habe wenig mit Elisabeth zu teilen, sie läßt weder mir noch sich die Zeit, zwischen ihren Sätzen zu atmen. Sie gerät ganz außer sich, als hätte sie jahrelang einzig auf mich gewartet, um loszuwerden, was ihr auf dem Herzen lastet. Die Zigarette ist bis zum Filter aufgeraucht, sie stukt den Filter, der sich nicht mehr knicken läßt, in den Aschenbecher, das muß sie mehrmals und mit Kraft machen, weil der Filter inzwischen auch begonnen hat zu glühen. Sie zündet die nächste Zigarette an. Von Zeit zu Zeit erfrischt sie mit etwas Eßbarem den sicher schalen Geschmack. Ähnlich konsequent verfolgt sie ihr Thema, sie erzählt, wie einer ihrer Kerle, die sie im Plural nennt, als seien es Hunderte gewesen, ihr geraten hätte, es mit einer Frau zu versuchen. Stellen Sie sich vor, sagt Elisabeth und legt mir ihre weiche unförmige Hand auf den Arm, ihre Augen sind weit aufgerissen, aus ihrem Mund sprüht es sanft und feucht, wenn sie spricht: das habe ich sogar getan. Ja, ich habe mich mit einer Frau eingelassen, unglaublich nicht, alles nur, weil ich solches Pech mit den Kerlen hatte und mir dieser eine Kerl dazu geraten hatte. Die Frau war aber auch nicht zufrieden mit mir und erklärte zu allem Überdruß, ich selbst hätte ein Problem, das für keinen Menschen, ob Mann oder

Frau, lösbar wäre. Was für ein Problem? habe ich sie gefragt, und, stellen Sie sich vor, die Person wollte mir nicht antworten. Sie sagte, sie sei nicht dazu da, mich zu analysieren, das wolle sie auch gar nicht, dafür könne ich mir professionelle Hilfe suchen – im übrigen schließe sie jetzt ihren Kummerladen, runter damit, auch keinen Kasten wolle sie mir mehr bereithalten, nichts da, ich hätte bei ihr ausgeheult. Stellen Sie sich das vor! –

Elisabeth sieht mich erwartungsvoll an. Nun soll ich ihr etwas sagen. Was sie wohl hören will? Ich verspüre nicht die kleinste Lust, auf sie einzugehen, mir etwas vorzustellen, ich möchte keinen Anteil an ihrem Leben nehmen. Sie drückt die Zigarette aus, rupft eine Weintraube ab und stopft sie in den Mund, eine zweite gleich hinterher, dann reicht ihr mein Schweigen und sie fährt fort.

Kurz darauf habe sie einen Film gesehen, ihr Feuerzeug springt nicht an, sie probiert es vier weitere Male, bis es klappt, zieht tief ein, in dem und dem Kino, aus dem hätte sie folgendes gelernt, nein, erst habe sie geheult, aber daran habe sie gemerkt, es sei reiner Zufall gewesen, warum auch, wenn man nur für einen einzigen Menschen bestimmt sei im Leben, sollte sie bisher das Glück gehabt haben, dem zu begegnen? Sie hätte gemerkt, sie dürfte nicht aufgeben, weitersuchen, weiterprobieren. Sie nimmt den letzten Zug, hält vorsichtig die Asche, die auf dem Filter steht, damit sie nicht abfällt. Genauso hätte sie es gemacht, probiert und probiert, bis sie ihn traf, Niclas, die Asche fällt runter, der auch sein Lebtag nichts anderes getan hätte, als zu probieren und, sie versucht mit der linken Hand die Asche von ihrem Rock zu schlagen, ebenso wie sie immer Pech gehabt hätte. Ich stelle mir Niclas vor, wie er bei seinen Vertreterbesuchen vorsichtig durch angelehnte Türen gespäht hat, das Geschirr in der Küche inspiziert, schließlich die notwendige Frage, allen Mut zusammengenommen, über die Lippen gebracht hat: Wie viele Haushalte zählt diese Person? Äh, Personen zählt dieser Haushalt. Dann hat er sich enttäuscht zurückgelehnt, wenn es mehr als eine Person war. War es nur eine und sein zu köderndes Subjekt weiblich, erkundigte er sich eingehender nach möglichen Komplikationen und bevorstehenden Veränderungen im Hausstand und nach der Sicherheit der Familien-, vielleicht sogar Vermögensverhältnisse. Erschien ihm das weibliche Opfer dann in allen Fragen bestanden zu haben, wird er sie nach Arbeitszeiten und Freizeit gefragt haben, wird häufiger sein lockeres Lachen eingemischt haben, probiert und probiert, und letztlich mit etwas Anstrengung und gutem Willen in einer bestechenden Ernsthaftigkeit gesagt haben: Und wie wäre es mit einem Kaffee oder einem Glas Wein morgen abend? Er wird Absagen über Absagen eingesteckt haben müssen, wird probiert und probiert haben, bis eines Tages, ja, im soeben frisch erworbenen Ein-Personen-Haushalt Elisabeth vor ihm gestanden, sich den Kuchenteig von den Fingern leckend, die Tür geöffnet haben wird. Sie wird gebeten haben, die Schuhe auszuziehen und, bitte, den Mantel abzulegen, wird den Kuchen in die Röhre geschoben und sich selbst aus der Schürze gepellt haben. Ihre Wangen rot und ihre Worte einfach und klar, bis zum letzten: Ja, sie möchte mit ihm ein heißes Getränk zu sich nehmen. So wird es gewesen sein, denke ich mir. Elisabeth fährt fort: Welch Glück, daß sie nun beide Glück hätten. Weil sie aber kein egoistischer Mensch sei, sie legt den Filter in den Aschenbecher, im Gegenteil, sogar sehr sozial, hätte sie sich vor einiger Zeit entschlossen, ihre Erfahrungen unter die Leute zu bringen, sie entnimmt der Schachtel eine neue Zigarette, und anderen Menschen mit denselben Problemen zu helfen. Sie hält die Zigarette unangezündet in der einen und das Feuerzeug unbenutzt in der anderen Hand und redet weiter. Sie spreche diese Frauen an und veranstalte kleine Trinkrunden, nur für Frauen, von Frau zu Frau sozusagen, damit man sich auch so richtig offen und verstanden fühle. Niclas habe während solcher Veranstaltungen Ausgang. Elisabeth lacht und sieht kurz zu ihm herüber, wie eine Mutter, die besonders liebevoll über ihr Kind spricht. Geschafft, sie zündet die Zigarette an, die so lang warten mußte, das Feuerzeug legt sie auf den Tisch und streicht, ohne hinzusehen, noch einmal über die Asche auf dem Rock.

Ich will etwas ablenken, zu den Taschenlampen des Kochs, drüben, über dem schwarzen Naß, der kennt seine Geschichte gut, er trägt Platten mit Vorspeisen, hat Karotten und Sellerie in die feinen Löcher des Hasendrahts geklemmt, den ich ihm heute mittag gekauft habe. Den Draht hat er über Bretter gespannt, nichts sonst. Möhren und Sellerie. Hinterher bringt er Näpfe mit gelber Sauce, die dick ist, in der ganze Erdnüsse liegen. Erst zögern die Gäste, dann plündern sie die Zäune, freuen sich, als zögen sie das Gemüse selbst aus der Erde, als klauten sie es aus Nachbars Garten, trotz Zaun. Der Koch gibt seinem Essen einen spanischen Namen, das wundert mich, wie denn der Ort heißt, auf Kuba, aus dem er stammt. Esperanza, sagt er, Puerto Esperanza, viele Fischer leben dort.

Elisabeth zündet sich eine neue Zigarette an, inhaliert den Rauch des ersten Zuges tief und lehnt sich zurück, hält die Luft an und preßt sie so langsam wie nur möglich wieder aus sich heraus. Der Qualm zieht ihr in weißen Schwaden aus den Nasenlöchern. Mit der Zunge leckt sie ihren rechten Mundwinkel naß. Es ist so, sagt sie und sieht nachdenklich ihre lackierten Nägel an, von denen der Daumennagel an der Spitze schon etwas bloßliegt, sie knipst mit dem Nagel des Zeigefingers etwas von dem Lack ab, steckt ihn dann zwischen die Lippen und beißt ein wenig darauf herum. Es ist so, daß ich erst ganz lange die Panik hatte, ich würde diesem einen nicht begegnen. Jeder Bibliotheksbesuch schien mir zu einer Aktivität zu verkommen, die einzig darauf abzielte, ihn endlich zu fassen zu kriegen. Jetzt, wo ich ihn gefunden habe, versetzt mich nur der Gedanke, ihn zu verlieren, erneut in Panik.

Elisabeth gönnt mir keine Pause von ihren Gedanken, sobald sie merkt, daß ich ausreiße und eigene Gedanken in mir Raum gewinnen lasse, schlägt sie erneut zu. Dabei, sagt sie und zieht schnell und kräftig an der Zigarette, gibt Niclas mir wenig Anlaß zu Befürchtungen, er sagt manchmal, da und da hätte er eine schöne Frau gesehen, vergißt aber nie, gleich hinterher zu sagen, wie ähnlich sie mir war. So habe ich immer das Gefühl, daß ich sein Prototyp bin, das Original, dem andere schöne Frauen höchstens ähneln können. Sie, die anderen, sind dann nur noch so etwas Ähnliches wie schön.

Ich überlege, ob ich Elisabeth sagen sollte, daß ich in diesen Fällen ganz anders denke. Ich glaube, ich dächte, meine Schönheit gewänne durch die Verschiedenheit von anderen, würde ich an ihrer Stelle sein, und darüber nachdenken. Es schmeichelte mir doch mehr, wenn es nur Frauen gäbe, die grundverschieden von mir und deshalb schön wären. Ich will ihr aber nicht sagen, daß ich mir ihretwegen Gedanken mache. Wollte ich, dann käme ich nicht dazu. Ich spüre keine

Scham über ihre Offenbarung, trotzdem es doch unschicklich ist, Gedanken über die Schönheit zu äußern.

Ähnlich wie schön ist nicht schön, das beruhigt mich, sie zieht erneut an der Zigarette. Sie scheint Zufriedenheit und Erfüllung darin zu finden, Elisabeth für Niclas zu sein, seine Frau. Ob das ein Rezept ist, Mann im Bett? Der Koch hat die leeren Zäune eingesammelt. Berta hilft ihm. Als nächstes tragen sie Käfige heraus, in denen kleine Schaukeln aus Draht an Seilen hängen. Die Käfige sind mit Gemüse gespickt, und auf den Schaukeln hocken fette Wachteln oder hängen schlapp Auberginen, die er mariniert hat. Die Gäste wundern sich, sie staunen, vielleicht erschrecken sie sogar und ziehen deshalb Grimassen zum Lachen, sie klatschen, sie kukken. Herr Jonas steht auf, er möchte einen Toast sprechen, er möchte nicht verschwinden hinter all den Besonderheiten. Es fällt ihm nur ein Danke ein, auch schaut ihn keiner an, so sehr denkt sich jeder in die versperrten Speisen und äugt zu den Käfigen, sobald einer von ihnen vor ihm zu Tische kommt. Mit Vorsicht strecken sie ihre Finger und stecken sie durch die Löcher des Zaunes, fühlen die Kräuter, die wie Moos auf dem Boden liegen. Der Koch bringt meinen zuletzt. Wachtel im Käfig.

Die Ehrfurcht läßt nach, man spachtelt, so gut es geht, bis sich das Gestoße und Gesuche rund um die Käfige und ihren Inhalt dem Ende nähert. Der aufgedunsene Mann meines Alters, der neben Niclas sitzt, beißt noch auf einem Wachtelknochen, der zwischen seinen Zähnen knackt und springt. Er sagt, er fände das Essen auf diese Art zu umständlich, eigentlich mag er die Pizza frei Haus, am besten gleich zwei, doch lieber, auch Gesellschaft beim Essen ist ihm ungewohnt und unlieb, sagt er, grinst mich freundlich über die umgekippten

Käfige hinweg an, er scheint zu merken, daß ich für nichts etwas kann, er will mich wohl trösten dabei. Damals, sagt er, ob ich mich erinnere, hätte er auch schon die Brotberge und Süßigkeiten der anderen Kinder sehr verehrt. Er selbst hätte immer zu wenig mitbekommen. Ich hätte ihm häufig etwas abgegeben, machmal mein ganzes Essen. Dabei seien meine Brote nicht die leckersten gewesen, meine Mutter hätte eine unangemessene Art gehabt, Schulbrote zu bereiten, sie hätte die Brote nicht zugeklappt, sondern einfach belegt und obendrein mit allerhand Zeug dekoriert, Petersilie, Gurken und solchen Dingen. Die hätte er unter der Klarsichtfolie hervorheben müssen, meine Brote hätte man immer nur mit Vorsicht, ja beinahe Zärtlichkeit auspacken können. Sobald er mir den Rücken zugekehrt hatte, hätte er das überflüssige Zeug auf meinen Broten in der Regel weggeworfen, die Brote zusammengeklappt und dann in wenigen Bissen verschlungen. Er grinst weiter aus dem aufgedunsenen Gesicht. Ich erinnere mich nicht, er erscheint mir bekannt, aber ich erinnere mich nicht. Ich will mich nicht an einen Bestattersohn erinnern, der mir nie nette Worte gesagt, nie ein Danke oder ein Bitte von sich gegeben hatte, der einmal auf dem Heimweg über mich hergefallen war, sich mir in den Weg gestellt hatte und sagte, ich solle mich ausziehen, schnell, weil er mich nicht anfassen wollte. Ich solle mich ausziehen. Ich wollte mich nicht ausziehen, das war vorne am Park, es kam niemand vorbei, ich hätte es nur für ihn tun sollen. Nein, hatte ich gesagt, und er hatte mir ins Gesicht gespuckt, einfach so. Ich habe mit dem Finger hinter ihn gezeigt und nutzte den Moment, da er sich umdrehte, um wegzulaufen. Der Vorsprung hatte gereicht, um den Jungen, der noch dicklicher und träger als ich war, abzuhängen, den Bestattersohn.

Der Herr, es ist Herr Stöber, so redet ihn seine weibliche Begleitung an, ich erinnere mich, heute mittag mit ihm telefoniert zu haben, pult mit einem Zahnstocher nach den abgesplitterten Wachtelknochen zwischen seinen Zähnen. Er lächelt mich wieder freundlich an. Er greift auch mit der Hand nach der seiner Begleitung und erzählt ihr leise etwas.

Der Bestattersohn hielt mich noch ein zweites Mal auf dem Weg nach Hause auf. Schon als ich ihn sah, versuchte ich, wegzurennen. Da er aber auf dem Fahrrad war, hatte er mich mühelos einholen können. Wieder stellte er sich in meinen Weg, diesmal sagte er mir, ich sei eine Fotze, eine Fotze, Fotze, Fotze. Ich hatte dieses Wort zuvor erst selten gehört, aber eine genaue Vorstellung davon, was es bedeuten sollte. Es sollte das Abscheulichste bedeuten, das ich mir vorstellen konnte. Ich merkte, daß ich in der Lage war, mir sehr abscheuliche Dinge vorzustellen. Mir wurde sehr heiß und ich wurde rot, aus Scham und Wut, erst über ihn, dann über mich. Der Junge blieb, dicklich, träge und mit einem Grinsen vor mir stehen, stieß mir sein Fahrrad gegen mein Schienbein, und weil ich vergaß zu schreien, auch gleich noch seinen Fußballschuh, für den er sonst keine Verwendung fand. Der hatte Stollen an den Sohlen und tat weh. Sein Fahrrad hielt er dabei fest. Es fiel mir ein, daß ich schreien müßte, zumindest vielleicht um Hilfe. Der Junge sagte, ich solle mich ausziehen, ich sei eine Fotze, eine Nutte, wie meine Mutter. Ich wollte schreien, aber so sehr ich mich bemühte, kein Laut wollte meine Kehle verlassen. Er lachte, was ich mein Maul so aufrisse. Ich könnte ihm übrigens auch jeden Tag zwei Brote mitbringen, wenn ich jetzt nach Hause, zu meiner Mutter wollte, zwei Brote mit Wurst und Käse, Teewurst und Scheiblettenkäse, beides zusammen auf beiden Broten, Gurken und Paprika und so was würde er nicht mögen, die dürften nicht drauf sein, Klappbrote mit Wurst und Käse, das sei alles. Toll, Fotze, dann ist jetzt alles klar, sagte er, setzte sich auf sein Fahrrad und fuhr davon. Ein älterer Mann mit Stock ging an mir vorbei. Er war sicher schwerhörig und hatte, so hoffte ich, nicht gehört, was der Junge zu mir gesagt hatte, wie er mich genannt hatte.

Der Koch und Berta tragen die Käfige ab. Sie ernten Lob. Herr Hirschmann findet den Koch sehr gut, nicht nur die Ideen, wie er seine Speisen verpackt, sondern auch den Geschmack selbst. Hirschmann sitzt am anderen Ende des großen Tisches, neben Anton Jonas, ich würde mich gerne in seine graue Wolke setzen. Was er sagt, kann ich mir nur denken, weil es zu laut ist und er zu weit weg sitzt. Elisabeth beugt sich vor und muß etwas lauter sprechen, um Herrn Stöbers Gehör zu erlangen.

Sie möchte ihm sagen, sagt sie, daß sie ganz anderer Meinung als er sei, sie liebe die Umstände, das Ritual ums Essen, gerade in Gesellschaft esse sie gern.

Der Sohn des Bestatters Stöber muß auch Stöber geheißen haben.

Außerdem habe sie zwar Spaß am Kochen, aber wenn man das täglich tue, wie sie, dann gingen einem eben doch die Ideen irgendwann aus, Elisabeth zündet sich eine Zigarette an, so etwas wie hier habe sie noch nie gegessen, sie hätte auch nicht die Zeit, sich derlei für den Alltag auszudenken.

Herr Stöber grinst noch immer freundlich, hält seinen Zahnstocher fest und gestattet ihr, ganz wie sie möchte, so ein Essen zu genießen, er spreche ja nur für sich.

Wenn ich nach einem Zusammentreffen mit dem Jungen, der mich Fotze, Tochter einer Nutte nannte, nach Hause kam, die Schulmappe in mein Zimmer brachte und nachsah, was es zu essen gab, fand ich die Köchin in der Küche vor, die allein oft hilflos war. Sie sagte mir, was ich einkaufen sollte, schrieb mir einen Zettel, meine Mutter sei oben mit dem Blumenverkäufer, nach dem Frühstück nicht mehr aufgetaucht, sie, die Köchin, brauche außerdem noch Milchreis, ein Pfund, ich nahm die Einkaufstasche und ging rüber, zu Frau Meyer, die mir zwar nicht mehr helfen mußte, mir aber eine Lakritzstange schenkte. Meine Mutter sah ich oft erst abends wieder, wenn sie mit den Gästen Konversation betrieb und sich Freunde machte.

Er habe ebenfalls meist keine Zeit, nicht zum Kochen und nicht zum Essen, sagt Herr Stöber, er arbeite hart. Was er denn tue, fragt Elisabeth. Er habe eine Firma, sagt Herr Stöber. Elisabeth möchte wissen, welche. Herr Stöber sagt, er würde diese Frage nicht mögen, sie sei nicht sonderlich tischfein. Ach was, Elisabeth läßt sich nicht leicht abschrecken, sie möchte, daß er sich nicht so anstellt und bitten läßt. Wenn sie es denn unbedingt wissen wolle, er beugt sich zu ihr: er verpacke Leichen, je nach Wunsch, in Eiche oder Mahagoni, oft nur als Asche in Becher, ha, Aschenbecher, dafür zahlten die Leute gut und gerne, vielleicht käme daher seine Abneigung für Verpackungen, ganz unter sich gesagt, er finde Verpackungen überflüssig, unnütz, geradezu –. Die Begleiterin von Herrn Stöber lehnt sich zu ihm und legt ihm ihre Hand auf die Schulter, sie will ihn davon abhalten, weiterzusprechen.

Ich kann vermuten, daß Herr Stöber noch heute darunter leidet, als Sohn eines Bestatters geboren und selbst Bestatter geworden zu sein. Es war sicher nicht leicht.

Niclas legt dem Bestatter Stöber nun von anderer Seite seine Hand auf die Schulter, klopft kameradschaftlich und sagt, Männer wie ihn brauchten sie, wohl meint er die Securitas, er habe ja ganz recht, er sei ganz seiner Meinung, die Verpackungen seien vielleicht unnötig, aber an sich der Beruf doch ganz ehrenwürdig und auch tapfer. Das sieht Bestatter Stöber ähnlich, er richtet sich auf, grinst wieder und kann jetzt Niclas gut leiden. Wo sie gerade bei der Sache sind, meint Niclas, es gebe ja auch hier etwas zu klären, ein junger Toter, sicher nicht mehr ganz frisch, aber durchaus zu beseitigen, ob es Bestatter Stöber interessiere. Bestatter Stöber fragt nach. Niclas erklärt: Seit gestern morgen nun schon, Witz beiseite, sie, er und seine Elisabeth, hätten auch den Eindruck, der Junge würde schon einen Verwesungsgeruch ausströmen. Das müsse doch zu regeln sein, auch ohne Polizei?

Ohne Polizei? Damit ist Bestatter Stöber nicht einverstanden, natürlich, gibt er zu, gut möglich, daß der Leichnam bereits nach ein, zwei Tagen ausdünsten würde, aber als Fachmann ginge er nicht davon aus, da müßten die Klimabedingungen schon sehr günstig sein. Gegen den Geruch kann er auch wenig machen, ohne Polizei, versteht sich. Ansonsten gerne, sehr gern sogar, die Aufträge seien zurzeit etwas knapp, das sei der Herbstbeginn, da legten sich nur wenige hin. Er verrichte seine Arbeit gut, wirklich gut. Die Begleiterin klopft ihm auf die Schulter, gut, sagt sie hinter seinem Rücken zu Niclas, gut.

Daß der Leichnam riecht, ist mir bislang entgangen, mag sein, ich sollte die Suppenschüssel aus meinem Zimmer in die Küche bringen, mag sein, aber Leiche? Leiche nein.

Ich könne gerne zu ihrer Gruppe kommen, sie träfen sich jeden Dienstag, nicht weit von hier, sie wohnten auf der anderen Seite der Bucht, sagt Elisabeth, drückt ihre Zigarette aus. Ich sei herzlich willkommen. Nein, sage ich, danke, ich finde, ich kann ja nicht immer und überall hingehen, wenn man mich einlädt. Ich kann mir Gastgeber nicht aussuchen.

Ich habe keine Lust mehr, das Dessert abzuwarten, Elisabeth. Ich gehe in die Küche, wo der Koch ein Pflaumensoufflé bereitet, Berta hilft ihm, indem sie Zäune und andere Überbleibsel zusammendrückt und in einen großen blauen Müllsack stopft. Sie hat rosige Wangen, sie entschuldigt sich, als ich aus Versehen gegen den Müllsack stoße und er umkippt. Ich muß mich berichtigen, sie hat sich doch nicht so sehr verändert. Ich helfe ihr beim Aufsammeln. Der Koch schiebt das Soufflé in den Ofen. Ich gehe zu ihm. Einen Mann im Bett, wie Elisabeth. Ich möchte ihn gerne fragen, ob er die Nacht zu mir kommen möchte. Er dreht sich zu mir um, ich sehe ihn an, und er fragt, was ich hätte, ob etwas sei. Nein, sage ich, nichts, aber ich wolle ihm anbieten, bei mir zu schlafen. Der Koch scheint enttäuscht über mein Angebot. Er sagt, er würde gerne im Haus schlafen, aber hätte eigentlich darauf gehofft, ein eigenes Zimmer angeboten zu bekommen.

Ein eigenes Zimmer? Noch nie hatte ein Koch bei uns ein eigenes Zimmer!

Das sollte sich ändern, meint er. Ich verlasse die Küche, Berta entschuldigt sich, wofür, weiß ich nicht, ich frage sie nicht. Ich gehe die Treppe zu meinem Zimmer hinauf. Ich schließe die Tür auf und drücke sie von innen zu. Ich habe schon viel Zeit mit Warten verbracht, das habe ich gelernt. Gerade beim Dessert habe ich aufgehört. Mir fällt ein, daß ich auch einmal nach Kuba fahren wollte, wie ich schon zu einigen Orten und in manche Länder reisen wollte. Ich habe das nie gemacht, es hatte sich nie die Zeit dazu gefunden. Aber jedes Mal, wenn ich eine Reise ins Auge faßte, habe ich mir einen Reiseführer gekauft, den ich oben auf das Regal stellte. Über Kuba habe ich zwei Reiseführer, weil ich nach dem ersten dachte, ich sollte auf Kuba wandern gehen, den zweiten kaufte ich mir dann, weil genauere Karten und günstige Unterkünfte drin sein sollten. Ich nehme die Anziehsachen vom Stuhl, lege sie aufs Bett und steige auf den Stuhl, um die beiden Reiseführer herunterzuholen. Sie sehen schon ältlich und abgegriffen aus. Ich lege mich mit ihnen aufs Bett. Es macht mir Lust, sie zu lesen. Ich sehe mir die Fotos an, braune Mädchen, die ich hübsch finde, schwarzhaarige Männer, die ich ebenfalls hübsch finde, und riesige Früchte, Berge davon, auf Märkten. Kuba wird als sehr aufregend beschrieben, ich finde es vor allem erregend. Allein die Vorstellung, eines Tages in ein fremdes Land zu reisen, allein das Umschlagen der Seiten, allein das Lesen dieser Namen, allein die Vorstellung, eines Tages eine fremde Stadt zu sehen, fremde Luft zu atmen, eine fremde Sonne zu sehen, mir selbst ganz fremd, ganz bunt, ganz duftend, ganz aufregend zu erscheinen. Ich lege meinen Kopf neben das Buch in die Kissen, ich versuche mir vorzustellen, wie Cuba-Libres und Havannas schmecken, wie rotes Blut und rote Lippen schmecken, und wie ich schmecke.

Autovermietung ... Camagüey ... Cash ... Nicaro ... Santa Clara ... kein Esperanza, kein Puerto Esperanza – auch der andere Reiseführer, der mit den besseren Karten, kennt Esperanza nicht.

VIERTER TAG Ein schmaler, kühler Luftzug kriecht unter meine Bettdecke und beißt mir ins Steißbein und streicht die Pobacken entlang, eine Hand kommt dazu, eine trockene, kräftige Hand, eine zweite, die ich nicht sehen kann, nur an den runden Pobacken entlangfassen, die sich festkrallen, eine Nase schiebt sich über das Laken vom Bettrand hin bis zu meiner Decke, hebt die etwas an, kommt näher, berührt mich und stößt gegen meine Wirbel, um die Schulterblätter, zum Hals, zurück, die Wirbel, die Decke, der Luftzug. Er sagt, ich sei warm und würde riechen wie ein ungebackenes Hefe-stück, seine Hand legt sich in meine Pofalte und bleibt dort liegen, ohne sich irgend weiter zu regen.

Wie ich sie finde, seine neue Idee, er würde mich frei-kaufen. Er hat sich auf den Sessel vor dem Fenster gesetzt und sieht mir zu, wie ich im Bett liege, verschlafen habe, ich ziehe mir die Strickjacke über, die über dem Bettpfosten hing, er hat das Frühstück längst fertig gemacht, die Gäste essen un-ten, mit Bertas Hilfe, mir hat er auch ein Frühstück gebracht, ans Bett.

Freikaufen?

Ja, ihm könne ich nicht verheimlichen, daß ich Schulden hätte. Und er? Hat er denn Geld? Nein, sagt er, noch nicht, aber wer weiß, vielleicht kann er es auftreiben. Ich weiß keine Antwort, schweige, ein Lächeln, schmal und verklemmt, drückt sich aus meiner Morgenblässe. Ich bemerke eine Laufmasche in der Strickjacke, an der ich zu zupfen beginne. Er sagt, ich könne es mir überlegen, er habe jetzt unten etwas zu tun. Er geht aus dem Zimmer. Allein möchte ich nicht frühstücken. Ich ziehe mich an, nehme das Tablett und trage es hinunter, ich bringe es in die Küche und von der Küche ins Eßzimmer, wo ich es auf dem Beistelltisch abstelle, ich will davon nicht essen. In kleiner Runde sitzen Madame Piper und Anton Jonas, denen ich gestern abend noch entkommen bin. Nicht so jetzt.

Anton Jonas kaut das eine Ende des Croissants ab, er kaut, als sei er gezwungen dazu, als schmecke es ihm nicht. Zwischendurch nimmt er einen Schluck schwarzen Kaffee und beißt anschließend das andere Ende des Croissants ab, auch das scheint ihm nicht zu schmecken. Er ist heute spät dran, denke ich. Seit seine Wohnung von einem Fremden entdeckt wurde, scheint ihm nichts mehr zu schmecken. Madame schnauft, ihre Hände zittern, sie nimmt etwas Rührei, kleine Brocken fallen ihr von der Gabel, legt es auf das Brötchen und beginnt, unter Mühen das Brötchen mit Messer und Gabel zu zerschneiden. Sie rechnet sich zu den kultivierten Menschen, solange sie Brötchen mit Messer und Gabel ißt. Sie zählt den Süßstoff, der in kleinen Tabletten in ihrer Tasse landet.

Meine Tänzerin hat den nicht gebraucht, den Süßstoff. Herr Jonas sagt es gleichgültig, daß man denken kann, er ist sehr traurig.

Wie Madame mich sieht, sagt sie zu mir: Da ist ja meine Kleine. Ich, die ich sonst nicht ihre Kleine sein mag, freue mich heute morgen ausnahmsweise über die Vertrautheit, die in ihrer Stimme und dem liegt, was sie sagt. Ich gehe zu ihr, es hat ihr keiner bei der Toilette geholfen, ich rieche es ihr an.

Weißt du, meine Kleine, was mir heute morgen passiert ist?

Nein, sage ich, ich meine es aufrichtig.

Ich bin in einem Zimmer aufgewacht, das im Parterre liegt, ich kann jetzt die Hecke durch das Fenster sehen. Zuerst habe ich es gar nicht bemerkt, erst als ich die Vorhänge zurückschob. Das Merkwürdige ist, daß sich alle meine Sachen in dem Zimmer befanden, so, wie ich sie gestern abend oben hinterlassen hatte, genauso.

Ja, das wundert Sie vielleicht, aber in Ihrem Zimmer oben ist die Elektrik nicht in Ordnung, die muß ich erneuern lassen, deshalb habe ich mir erlaubt, Sie zu verlegen.

Das hättest du aber sagen können, meine Kleine, das hättest du mir sagen müssen, das hätte dir auch die Mühe gespart, den Koffer auszupacken. Sieh mal, ich hatte gestern doch was getrunken und hatte ja keine Ahnung, in welches Zimmer mich Berta gebracht hat. Reichst du mir die Obstschale?

Ja, Madame.

Du mußt das Obst ein wenig nett anordnen, das habe ich dir doch schon häufig gesagt, Kleines. Danke sehr. Sie schnauft, die Banane in der Hand, versucht, die Schale abzuziehen, ihre Hände zittern. Ob ich ihr helfen kann? Nein, sie möchte dann lieber einen Apfel, ach nein, der sei zu hart, ja, ich soll ihr doch mit der Banane helfen.

Kleines, wann kann ich denn mein Zimmer wieder beziehen?

Ich weiß es nicht.

Dann finde es heraus. Du bist nachlässig, Kleines, auch um den toten Jungen mußt du dich kümmern.

Ich reiche ihr die geschälte Banane, sie nimmt sie, legt sie auf den Frühstücksteller und zerdrückt sie mit der Gabel.

Der riecht ja schon, hört man, sagt sie, drückt auf dem kleinen Ende, das ihr wieder und wieder unter der Gabel wegspringt. Das Blut sackt dann nach unten ab, deshalb sind die Toten so weiß, unten haben sie Flecken. Die Banane wird Brei, schaumig, das bekommt ihr. Es ist ein wenig anstrengend, aber sie hält sich gerne bei der Arbeit, war schon immer Selbstversorgerin.

Wußtest du, fragt Madame, daß die Mutter mit den zwei Kindern, die bis gestern hier wohnte, von ihrem Mann verlassen wurde?

Ich? Meinen Sie mich? Nein, ich wußte das nicht.

Du bekommst nichts mit, Kind, von dem, was unter deinem Dach passiert, welche Schicksale sich da abspielen! Die Dame wurde nicht nur verlassen, sie wurde auch betrogen. Und belogen. Eine Dame in ihrem Alter. Das ist doch schrecklich, nicht?

Ich antworte Madame nicht mehr, sie braucht auch meine Antworten nicht, um vor sich hin zu erzählen. Die Gier zeigt sie beim Essen nicht, unterdrückt sie, wo sie nur kann, schiebt sich winzige Gabeln voll Bananenschaum in den Mund, winzige, die ihre Gier nicht verraten sollen, aber ihr Mund verplappert sich, wenn sie etwas sagen möchte, nur Unterhaltung, ein bißchen bloß, was die Leute so reden, Madame stürzt sich auf Ereignisse, die nach Leid anderer riechen. Wann immer sie im Fernsehen, in der Zeitung oder in ihrer Umgebung von Trennungen oder Todesfällen hört, ist sie dabei, engagiert sich um die Verbreitung der Nachricht. Sie sieht es gern, wenn die Männer anderer schlecht sind, wie ihr eigener zweiter es war. Das macht sie zufrieden, denn warum sollte die Welt zu anderen gerechter sein als zu ihr?

Anton Jonas bittet Madame, den Mund beim Kauen zu

schließen. Madame sagt, sie kaue nicht, sie schlucke lediglich den Brei, lächelt und schließt den Mund. Menschen, die andere nicht essen sehen könnten, litten unter unterdrückter Sexualität, weiß Madame, das hat sie gestern abend im Fernsehen gehört. Doch heute ist nicht Anton Jonas' Tag, er möchte nicht darüber sprechen, er möchte gar nichts mehr sagen. Ich frage Madame, ob ich den Bananenbrei von ihrem Busen abwischen soll? Ja, das kann ich tun. Ich bringe die Serviette in die Küche, nehme mir eine Schüssel mit Cornflakes und setze mich hinter den Empfangstisch.

Elisabeth und Niclas kommen die Treppe herunter. Sie setzen sich in den Sessel und auf die Bank, sie sprechen nicht miteinander, das scheinen sie selten zu tun. Sie sprechen auch mit mir nicht. Er fragt nur, ob ich ihnen das Taxi bestellt hätte. Ich behaupte ja, gehe dann hoch in mein Zimmer, um nachzuholen, was ich schon längst hätte tun sollen, aber vergessen habe. Als ich wieder hinunter zum Empfang komme, sprechen die beiden noch immer nicht. Über Nacht muß ihr aufgefallen sein, daß sie geredet und geredet hatte, mir einen kleinen Brocken ihres Lebens nach dem anderen vor die Füße geworfen, ich ihr aber im Gegenzug keine Vertraulichkeiten zugesteckt hatte. Das muß sie beschämt haben. Heute begegnet sie mir ganz steif, etwas grau und glatt, sie sieht mich kaum an, ihre Zigaretten raucht sie stetig und mit einer für mich beklemmenden Geduld, als warte sie darauf, daß etwas von außen sie erlöse. Erlösung durch Bestrafung, darauf wartet ein Gefangener, der, zu Tode verurteilt, die letzten Minuten durchlebt – schrecklich für sie, weil ich sie weder töten noch erlösen werde und ihr diese Minuten so lang erscheinen müssen, unendlich.

Das Taxi zum Vergnügungspark, bitte! Elisabeth und

Niclas stehen auf, sie verabschieden sich bei mir nicht, sie gehen einfach.

Die Cornflakes sind aufgeweicht, ich verabscheue aufgeweichte Cornflakes ebensosehr wie Brot oder labbrige Croûtons in der Suppe, ebensosehr wie Kekse, die in Tee oder Kaffee getunkt werden, um die entsprechende Konsistenz zu erzielen. Ich schiebe die Schüssel zur Seite und stütze den Ellenbogen auf den Tisch. Ich stecke meinen Finger in die Nase, da habe ich schon seit einiger Zeit das Gefühl, etwas Blättriges herausholen zu wollen. Es schmeckt salzig, ein wenig. Ich kratze die Innenwand meines Nasenflügels mit Sorgfalt sauber. Als ich kleiner und noch ungeschickter war, hatte es häufig geblutet. Heute sind meine Nasenwände robust, ich habe sie zu dem gemacht, was sie sind, nicht zimperlich, nicht empfindlich, sondern praktisch im Umgang. Freikaufen. Elisabeth ist vielleicht eine Gefangene, Anton Jonas ist es, Madame Piper. Aber ich? Ich hätte ihn zu mir ins Bett ziehen sollen, hätte zu ihm gehen und fragen wollen, ob ich eine Nacht bei ihm verbringen kann, wo immer das ist. Eine Nacht außerhalb meines Hotels, eine einzige Nacht nur Erholung. Und was will er? Oder ihn in mein Bett ziehen, einspinnen, dann wäre er mitgefangen, nein, er gefangen, ich Fängerin. Das kleine Weiße, das ich noch in der Nase gefunden habe, ist weich und schmeckt auch sonst ähnlich nach nichts, wie Mozzarella. Ich säubere mit dem Nagel meines rechten Zeigefingers die Fingernägel der linken Hand. Anschließend säubere ich mit dem Nagel des mittleren linken Fingers, der ein wenig länger und daher handlicher als die anderen ist, die Nägel der rechten Hand. Auch die Nagelhaut schiebe ich zurück, damit man die kleinen weißen Halbmonde sehen kann, ich habe gepflegte Hände. Ich habe Not, hätte gerne eine Vertraute, ohne in Wirklichkeit eine zu haben, keine Freundin, keinen Mann, keine Schwester.

Madame, kann ich Ihnen behilflich sein?

Und ob, mein Kind, und ob. Sie hat ihren Bananenschaum längst aufgegessen, Anton Jonas hat sie am Tisch alleine sitzen lassen, so ist das, zwischen alten Bekannten, man mag sich sehr und kennt sich lang, damit man sich jederzeit ungeniert vor dem anderen davondrücken kann.

Madame nimmt es mit Geduld, stützt eine Hand auf mich und die andere auf den Tisch. So ist es gut. Sie müßte mal, sagt sie, ich bringe sie in ihr Zimmer. Sie hat eine Strickjacke an, die ihr fast bis zu den Waden reicht, die würde sie behindern, ich frage sie, ob ich ihr beim Ausziehen helfen soll. Sie sagt nein, das könne sie alleine, versucht es, aber es gelingt ihr nicht, der Ärmel will nicht über die Faust, die sie fest geschlossen hält. Ich greife zu, sie wehrt sich ein wenig, die Faust löst sich dabei, und Haferflocken, Rosinen, eine Handvoll Müsli rieselt auf den Teppich. Sie versucht sich zu bücken, schafft es nicht. Ich helfe ihr, sammle alles ein und frage sie, ob ich es in das leere Glas, das auf der Kommode steht, tun dürfe, ich würde es dann später mit hinausnehmen. Die Strickjacke hängt ihr nur noch über eine Schulter, ich nehme sie ihr ab, lege sie auf das Bett. Ihr Bad ist schmal, die Tür steht offen. Ich begleite sie zur Toilette und hebe ihr, während sie sich an der Stange für Handtücher festhält, den schwarzen Rock hoch, er ist aus feingewebter Wolle, aber schon ein wenig verfilzt. Der Unterrock ist rosa, ob sie das weiß? Ja, ja, sie weiß es, das macht ihr nichts, den sieht eh keiner mehr, die Unterhose aus Polyester ist wieder schwarz, ich höre ihr Lachen, das hinter all den Stoffen etwas verhalten klingt. Sie versucht, sich selbst die Unterhose herunterzuziehen, ich helfe ihr, so klappt es schneller, ein kleiner Schwung und sie sitzt auf der Toilette, so, sie atmet auf, ich könne jetzt rausgehen, die Tür bitte offenlassen, ruft sie mir hinterher, seit sie einmal im Bad ohnmächtig geworden sei und nicht einmal ihre Zugehfrau, die zufällig im Haus gewesen sei, ihr hätte helfen können, lasse sie die Tür jetzt immer auf, so, damit jeder es mitbekommt, wenn etwas passiert. Sie pupst. Atmet erneut auf, hält die Luft an. Ich habe mich auf ihr Bett gesetzt und warte darauf, daß sie fertig ist. Der Koch sei ja gut, aah, aber das helfe ihrer Verdauung nur noch wenig, uuh. Ob ich noch so gerne Lakritz esse? Ja, sage ich, noch immer. Nun, sie habe heute früh, als sie Zeitungen gekauft habe, welche für mich mitgebracht. Ich solle mal in ihrem Nachtschränkchen nachsehen. Ich gehe zu dem braunen Nachttisch und öffne die kleine Tür. Nein, ruft sie, als könne sie mich sehen, nicht unten, oben, in der Schublade. Ich ziehe die Schublade auf. Links, ruft sie, siehst du, Kind? Ja, rufe ich zurück, links in die Ecke hat sie unter ein blaues seidenes Taschentuch, ich muß an ihre sorgfältig eingeschlagenen Windeln denken, eine kleine Papiertüte mit Lakritz gelegt. Ich nehme sie.

Und, ruft Madame, wie früher?

Ja, rufe ich zurück, tue, als riefe ich mit vollem Mund, im Augenblick habe ich keinen Hunger, möchte sie aber nicht enttäuschen und gebe vor, ein Lakritz nach dem anderen in den Mund zu stecken. Vielleicht sollte ich tatsächlich eins probieren. Die mit Zuckermantel mochte ich nie, deshalb habe ich sie immer als erste gegessen, um mir den Anblick bis auf weiteres zu sparen und unterdessen das Beste zuletzt am Gaumen zu schmecken.

Fertig! ruft sie. Ich knülle die Tüte zusammen, lege sie auf den Nachttisch und gehe zur Badezimmertür, ich klopfe kurz. Herein! sagt sie, ich trete ein, und da steht sie, die Arme wieder vorne auf die Handtuchstange gestützt, den Rock samt Unterrock aufgerollt, die Unterhose in den Kniekehlen, nach vorne gebeugt, der Schinken, der hängt, ist weiß und weich. Papier, sagt sie, stehe auf dem Waschbeckenrand, da käme sie besser dran, als wenn es hinter ihr, an der Wand, in der Vorrichtung hänge. Ob ich ihr helfen würde. Das war keine Frage. Ich helfe doch gern. Vielleicht sollten wir ein wenig waschen?

Meinst du?

Doch, sage ich, ich denke schon. Nehme den Waschlappen, der neben dem Waschbecken am Häkchen hängt, steif getrocknet, und halte ihn unter heißes Wasser, schäume Seife in den Lappen. Lange könne sie so nicht mehr stehen. Ich klemme ihre Pobacken mit zwei Fingern auseinander. Uuh, ist das heiß. Entschuldige mich, spüle den Lappen aus, lauwarmes Wasser. Sie verlagert ihr Gewicht von einem Bein zum anderen. Mehrmals muß ich nachwischen, ausspülen, wieder wischen. Sie klagt über Hämorrhoiden, dazwischen setze sich alles fest. Mit dem flauschigen weißen Handtuch, das Berta vorhin ausgewechselt hat, tupfe ich sie trocken. Ich helfe ihr, die Unterhose wieder hochzuziehen und den Rock glatt.

Ooh, ooh, jetzt bin ich aber erschöpft, sagt Madame und stapft, breitbeinig, wie ein kleines Kind, ins Zimmer, sie setzt sich aufs Bett und bittet mich, ihr einen Kamm zu reichen. Ich bringe ihn ihr, und sie geht sich durch das Haar, behutsam. Und, wie kommst du zurecht, Kind? Man hört, deine Bilanzen schauen nicht so aus, wie sie sollten? Ich antworte ihr nicht. So, wie sie mich häufig und je nach Gemütslage überhört, mag auch ich sie manchmal nicht gehört haben. Du magst doch den Koch, den jungen Mann, der ist doch tüchtig?

Sicher, sonst hätte ich ihn wohl nicht eingestellt. Möchten Sie etwas trinken? Haben Sie Durst? Mineralwasser? Sie nickt, und ich gieße langsam ihr Glas, das auf dem Nachttisch steht, voll.

Du solltest ihn heiraten.

Wollen Sie Ihre Medikamente dazu nehmen?

Ach ja, danke, Kindchen, daß du mich erinnerst.

Alle drei auf einmal?

Ja, alle drei auf einmal, gib – danke, Kleines. Sie trinkt und atmet auf. Er sieht gut aus, stattlich gebaut ist er und tüchtig, versteht was von Geschäften, das hat man gleich gemerkt.

Ich werde traurig, lasse meine Schultern nach vorne fallen, und meine Nase schwillt an, als wollte ich weinen, dabei will ich es gar nicht. Was wollte ich noch bei Madame?

Er ist noch ledig, ich habe ihn gefragt, habe einfach gefragt, wie seine Frau mit den unregelmäßigen Arbeitszeiten zurechtkommt. Die eine besser, die andere schlechter, hat er geantwortet, der Frechdachs, ich hab' nur gelächelt und ihm mit dem Finger gedroht, im Spaß, versteht sich. Nun schau nicht so trüb drein, Kind. Ziehst dir kein Kleidchen an und benimmst dich auch sonst nicht kokett, ja was willst du denn?

Ich setze mich aufrecht hin und klimpere ein wenig mit den Augen, um meine Gesichtszüge zu entspannen und sie heiter ansehen zu können.

Ich trüb? Wohl kaum, Madame.

Du hast einen andern lieb?

Den einen mehr, den andern weniger. Das freut sie, daß

ich ihr so aufmerksam zugehört habe. Sie mag es nicht, wenn sie bei anderen Gefühle zu erkennen glaubt, für die sie bei sich keine Verwendung findet. Solange ich kein Kleidchen anziehe, habe ich in ihren Augen keinen Grund zur Klage. So ist das.

Schenkst du mir noch nach? fragt sie und hält mir das leere Glas entgegen, ich reagiere nur langsam, wie in ihrer Gegenwart gewohnt, greife zögernd nach der Flasche und gieße ihr den Rest daraus ein.

Von nebenan tönt die Glocke. Ich stehe auf, bis später, sage ich und gehe in kleinen, möglichst langsamen Schritten zur Tür hinaus.

Stöber. Er duckt sich, nimmt den Hut ab.

Sie wünschen?

Den Leichnam, ich komme Ihre Leiche holen.

Das hat keiner verlangt.

Doch, ja, der junge Mann von gestern abend, der Koch, hat vorhin angerufen, mir den Auftrag erteilt.

Da hat er sich geirrt, der junge Mann.

Nun, er lächelt, Sie wollen ihn doch wohl nicht behalten?

Der Koch kommt hinter meinem Rücken aus der Küche, grüßt, Herr Stöber möchte mit einem höflichen Schritt seitwärts an mir vorbeigehen, Hindernis umrunden – sein Plan. Ich verstelle ihm den Weg.

Sehen Sie, ich bin die Besitzerin des Hotels. Mit mir haben die Polizeibeamten vorgestern gesprochen. Sie wollten noch Fotos machen, es sollte alles unberührt bleiben.

Bestatter Stöber hält seinen Kopf weiterhin geduckt, lächelt, nickt, der Mund geht auf und zu, wie bei einem Karpfen, als wolle er etwas sagen, bemühe sich um Luft, lächelt, nickt, der Kopf weiter geduckt, sieht mich nicht an, seine

Blicke fliehen an mir vorbei. Ich muß wohl ein ernstes Wort mit dem Koch reden, daß er mir nicht alles aus der Hand nimmt. Will mir das Geld aus der Tasche ziehen, daß er sich nicht schämt, der Bestatter. Wenn hier jemand einen Bestatter beauftragt, dann bin ich es. Und ich nehme ganz gewiß den anderen Bestatter aus dem Ort.

Wir haben auch die Preise noch nicht verglichen, sage ich dem Bestatter. Sehen Sie, Stöber, vielleicht vertrauen wir unsere Leiche lieber der Konkurrenz an. Wie er das wohl findet. Er behält seinen Kopf in der Ducklage, lächelt, nickt, Mund auf und zu, das würde mir nicht viel helfen, traut er sich zu sagen, denn die Konkurrenz sei er gewissermaßen selbst beziehungsweise seine Schwägerin. Sein Bruder, ebenfalls Stöber genannt, habe die Tochter des Bestatters Grunz geehelicht. Wie die Ehe gerade zwei Jahre alt war, sei sein Bruder gestorben und habe seine Erbhälfte ihm, dem Bruder, vermacht. Nun sei er Miterbe, mit der Witwe, Schwägerin Stöber, geborene Grunz.

Hmm.

Die Preise seien dieselben, darauf könne er mit seiner Berufsehre, seinem Wort als Bestatter, schwören.

Trotzdem, sage ich, noch ist nichts entschieden, die Fotos nicht geschossen, da sei jetzt nichts zu machen.

Der Koch möchte mich zum Einlenken bewegen. Aber ich zeige mich entschieden. Der Koch zwinkert mir mit dem Auge zu, das hat er lange nicht gemacht. Es muß ihm ernst sein. Mir auch. Bestatter Stöber setzt seinen Hut auf, sieht mich ein einziges und letztes Mal an und wendet sich ab, er schüttelt seinen Kopf, verächtlich soll das aussehen, als hätte er selten etwas so Dummes gehört. Ohne sich umzudrehen, fragt er im Rausgehen, ob ich auch die Heizung oben ausgestellt hätte. Ich sage ihm, die sei nie an gewesen, ich würde prinzipiell erst ab dem 1. Oktober heizen. Er öffnet die Tür, heute ist der 2. Oktober, sagt er, und die Tür fällt hinter ihm ins Schloß.

Stimmt das?

Ja, sagt der Koch. Ich nehme den Kellerschlüssel aus dem Bord vom Empfangstisch und will hinunter in den Keller gehen, die Heizung anstellen. Ob er mitkommen möchte, der Koch? Nein, sagt er, in der Küche habe er viel zu tun. Hartwig habe sich angeboten, ihm dort zu helfen, das sei doch in Ordnung?

Hartwig? Wieso der?

Ich glaube, er sucht eine Beschäftigung, möglichst unweit seines toten Freundes, der Koch lächelt, ich mag sein Lächeln heute nicht, es scheint mir schmierig, etwas zähflüssig und süßlich. Es kommt mir vor, als sei ich von notorischen Lächlern umgeben. Ich hätte mich gefreut, wenn er mitgekommen wäre, aber es enttäuscht mich, daß er alleine bestimmen mag, wann er wo ist und was macht. Leider hat seine Selbstbestimmung auch nichts mit dem zu tun, was ich mir wann wünsche. Im Gegenteil, sie benutzt mich. Er freut sich, daß ich ein Hotel habe, in dem ich ihn kochen und wirken lasse, es muß für diese Bedürfnisse auch sehr günstig sein, daß ich nicht selbst wie eine Besessene wirke und er nur einen Job nach meinen Vorstellungen erfüllen kann. Ich lasse ihn stehen, schließe die Kellertür auf und gehe die Treppen hinunter, unten rechts ist der Lichtschalter, der Heizkeller hat ein kleines Fenster, das oben an der Decke klebt. Ich werde meine Gäste nicht los, sie nehmen mir zu guter Letzt sogar die Rolle der Gastgeberin, ich breite ihnen lediglich einen feinen Spielplan aus, auf dem sie herumhüpfen und allerhand

Spiele üben, bei denen sie mich nicht mitmachen lassen. Um die Heizung anzuschließen, muß ich mir jedes Jahr die Gebrauchsanweisung durchlesen, jedes Mal von vorne, ich mag keinen Platz in meinem Hirn an solche Konstruktionen abgeben. Der Koch hat wirklich gut daran getan, mich zu treffen, bei keiner anderen hätte er so eine Entfaltungsmöglichkeit, und schließlich, was kann ich verlangen? Ich merke, daß er mir gefällt und wichtig geworden ist, was anderes kann er gewollt haben, was sonst würde ihm dienen? Darf ich dafür etwas verlangen? Daß er mich liebt? Ich darf ihn bezahlen, daß er kocht. Ich darf ihm verkaufen. Er würde mich gehen lassen, ab in die weite Welt.

Als ich wieder nach oben komme, sitzen Hirschmann und der Koch im Eßzimmer, sie sprechen miteinander, Herr Hirschmann hat einen Block vor sich und schreibt etwas auf. Er raucht seine Zigarren. Ich stelle mich in den Türrahmen und sehe zu ihnen hinüber. Hirschmann bemerkt mich zuerst, blickt hoch und seine grünen Augen sehen mich aus großer Ferne an, daß ich erschrecke, mich ihm fremd fühle. Der Koch sieht jetzt auch hoch. Ob ich etwas möchte? Herr Hirschmann fragt immer freundlich, seine Stimme voll und warm, ich höre seine Stimme gern, sie ist mit ihm alt geworden, ich mag sein Alter, die Würde, die ihn umgibt. Nein, nein, ich ginge nach oben, beeile ich mich zu sagen, möchte nicht stören. Schließe vorsichtig die Tür zum Eßzimmer und wundere mich, daß ich auf Zehenspitzen zur Kammer schleiche. Mir ist etwas eingefallen, das ich suchen möchte. Hinten, an das Regal gelehnt, finde ich es, zusammengeklappt, eingestaubt, mit einem Tuch wische ich es ab, trage es, vorsichtig auf Zehenspitzen, damit mich keiner hört, durch den Empfang. Bei Madame klopfe ich leise an, öffne die

Tür einen Spalt, weil sie nicht antwortet. Sie liegt mit Kleidern auf dem Bett und atmet gleichmäßig, der Mund geöffnet, sinkt leicht in den Schlaf, ist schnell erschöpft. Ich stelle den Rollstuhl neben ihr Bett, schläfrig blinzelt sie mit den Augen.

Ach, was ist denn das? murmelt sie.

Der Rollstuhl meiner Mutter, erinnern Sie sich?

Sie nickt, schmatzt, die Augen sind wieder zugefallen. Ich schließe die Tür und steige die Treppe hoch. Berta hat das Geländer blank geputzt, mit Möbelpolitur pflegt sie meine Treppe. Ich bin auch gerne Treppen runter gerutscht, hätte ich nur einen Tag das Hotel für mich, würde ich es wieder machen. Nur einen Tag ganz allein, das ganze Hotel, mein ganzes Haus für mich, meinen ganzen Tag, allein für mich. Das Telefon klingelt. Ein Tag ohne Telefon. Ich gehe die Treppe hinunter. Eine Dame ist am Telefon, hat eine schrille Stimme, mit der sie in mein Ohr schreit.

Seine Mutter! Ich bin's! Ich bin seine Mutter! Sie schreit nicht nur, schluchzt auch, ist verzweifelt. Sagt, Ivo sei ihrer gewesen, ihr Sohn. Wie es nur kommen könnte, daß sie erst heute von ihm hört! Erst heute, wo es doch zu spät ist. Ich bin seine Mutter! Sie ruft es immer wieder. Ich sage wenig. Möchten Sie herkommen? frage ich sie, sie hört meine Frage nicht oder will nicht antworten. Seine Mutter!

Da kann ich nichts machen.

Sicher, da können Sie nichts machen!

Sie hängt auf, kein Abschied, kein Verbleiben, nur ein Schrei. Ich lege ebenfalls auf. Herr Hirschmann und der Koch sind noch immer beschäftigt. Es klingelt wieder. Ich hebe ab. Sie hat sich gefaßt, räuspert sich, sie sei es noch einmal, die Mutter. Sie wolle mich bitten, alles Formelle zu erledigen, das könne ich doch sicher machen? Schließlich sei es ja auch bei mir passiert, ich also vielleicht gar verantwortlich? Wie auch immer, die Rechnung könne ich ihr dann zuschicken, das wäre gut. Wir legen auf.

Oben in meinem Zimmer beginne ich aufzuräumen, hänge Hemden und Hosen auf, lege Pullover zusammen, stelle CDs ins Regal und gieße Blumenwasser aus, es stinkt. In der Vase haben sich durch Verdunsten braune Ränder gebildet. Die gewelkten und an den Stielen verfaulten Lilien packe ich in die Tüte. In den Karton vom Versandhaus kommen sämtliche Papiere und Werbeprospekte. Ich mache mir Musik an. Freikaufen? Was er darunter wohl versteht? Mich auszusetzen, aus meinem Hotel hinaus. Wohin? Raus ins Freie, wie schön. Da war ich noch nie, nie weiter als bis vorne zur Bucht, als bis in den Ort zum Einkaufen, nie weiter als bis zur Haushaltsschule, in die ich nie wollte. Der Koch meint es doch gut mit mir.

Vielen Dank, werde ich sagen, vielen Dank, aber das ist unmöglich, das wird nicht gehen. Doch das wird er nicht gestatten, er wird mich nicht sitzenlassen, er drängt mich, wird sie mir aufzwingen wollen, seine Freiheit, die er gegen mein Haus eintauschen will, die dann meine wird, hat er sich verdient, wird er denken, kann er viel mehr mit anfangen als ich, wird er denken, mich nicht sitzenlassen, meine geschlossenen Türen nicht länger dulden.

Es klopft. Wer da ist? Er, der Koch. Was er will? Er möchte wissen, ob ich mit Hartwig in der Küche helfen wolle. Nein, das will ich nicht. Trotzdem mache ich die Tür auf und folge ihm hinunter. Hartwig steht da, versucht Möhren zu schneiden, rutscht mit dem Messer immer wieder ab, der Koch sagt, er könne es ihm schärfen. Da sind sie froh, daß sie sich helfen können. Während der Koch ihm das Messer wetzt und Hartwig einen Schritt zurückweicht, stößt er gegen das Brett, auf dem die Möhren zum Schneiden bereitliegen, es fällt auf den Boden, mit ihm ein Glas mit Sonnenblumenkernen, das zerspingt. Hartwig bückt sich sofort, entschuldigt sich, meint, das sei ja typisch, das passiere ihm immer. Immer? fragt der Koch, das wolle er nicht hoffen. Doch, sagt Hartwig, immer, er schwankt zwischen Selbstmitleid und Spaß, besonders, wenn er nicht zu Hause wäre, was kein Wunder sei, weil er zu Hause nur noch Blechgeschirr habe, er kaufe prinzipiell kein zerbrechliches Küchengeschirr. Der Koch wird aus Hartwig nicht schlau. Ernst meint er das? Ja. Hartwig nickt, zeigt sich betroffen. Wenn das so ist, der Koch hilft Hartwig beim Aufsammeln der Möhren, die solle Hartwig waschen, da könne ihm nicht viel passieren. Der Koch nimmt Handfeger und Schaufel und fegt die Kerne und Scherben vom Boden auf, wenn das so ist, könne Hartwig selbstverständlich nicht in der Küche helfen, aber er habe da eine Idee.

Welche Idee? fragt Hartwig, ist begeistert, wie ich es auch wäre, wenn der Koch eine neue für mich hätte.

Wenn dir etwas einfällt, könntest du solche Aktivitäten zum Programm machen und uns einen Animateur im Hotel abgeben.

Ich, Animateur? Hartwig lacht auf. Warum nicht? Er will sich geschmeichelt fühlen über ein solches Angebot. Der Koch unterbricht ihn, weist darauf hin, daß es ein Spaß gewesen sei. Der Koch murmelt in sich hinein. Der Koch schüttelt den Kopf, fegt Kerne und Scherben von der Schippe in die Mülltüte. Ob er auf mich auch hören würde, tun, was ich sage?

Komm, sage ich zu dem Koch, kommst du raus mit mir?
Wohin?
Raus, komm!

Er sieht mich an, ist verunsichert, gibt Hartwig das geschärfte Messer und folgt mir. In der Empfangshalle fragt er: Und jetzt?

Ich überlege schnell, was ich ihm weiter auftragen könnte. Er soll mir was tanzen, komm, Koch, tanz mir was, ihr könnt doch tanzen auf Kuba, könnt ihr, nicht? Ja, er lacht, aber hier? Doch nicht tags, wir tanzen nachts. Er sieht mich aufmerksam an, überlegt wohl, was ich mit ihm vorhabe, was ich von ihm will. Das frage ich mich auch. Na gut, sage ich, er soll wieder in die Küche gehen. Er sieht mich an, ein Lächeln fliegt über seine Augen, hält mich für verwirrt.

Im Eßzimmer liegen auf der Bank die Blumenbündel, in Zeitung eingeschlagen, die der Lieferant des Blumenverkäufers vorhin vorbeigebracht hatte. Schon seit zwei oder drei Jahren lasse ich die Blumen nicht mehr binden, ich stecke sie lieber selbst zusammen, hatte gedacht, so könnte ich etwas Geld sparen. Die Heizung fängt gut an zu arbeiten. Im Eßzimmer ist es zu warm für die Blumen, ich muß sie binden und verteilen. Draußen sehe ich Elisabeth, die ohne Niclas auf das Haus zukommt, vielleicht hat sie ihn verloren?

Ich höre die Eingangstür aufgehen, durch die offene Tür sehe ich Elisabeth, die hereinkommt und zielgerichtet auf meinen Empfangstisch zugeht, sie nimmt sich den Zimmerschlüssel aus dem Regal, sie hat sich gar nicht erst nach mir umgesehen, geht aus und ein, läuft die Treppen hinauf. Ich nehme mir die Blumenbündel vor. Offenbar hat der Koch die Bestellung geändert. Unmengen gelber Rosen, weiße und gelbe Freesien, keine Lilien. Was ich daraus machen soll, weiß ich nicht. Lediglich meine Anweisung, viel Grün, Blätter, Gräser und Farn zu bringen, wurde noch beibehalten. Erst will ich alle Freesien zu Madame bringen, die sich freuen wird, die Lieblingsblumen meiner Mutter wiederzusehen, doch dann kommt der Koch aus der Küche, beugt sich über meine Schulter, die Rosen habe er für sich und die Küche bestellt, er mache daraus ein Dessert. Ja? Ja. Also verteile ich die Freesien auf alle Zimmer, lasse sie ganz in Grün verschwinden, damit sie überhaupt ausreichen. Ich verzichte diesmal auf Blumen in meinem Zimmer.

Mein Zimmer liegt grau unter dem von draußen durch die Scheiben fallenden Licht, das kurz vor Regen steht. Zwar habe ich aufgeräumt, aber keine Ecke will mir so recht gemütlich und nach mir erscheinen. Ich lege mich auf das Bett und verschränke die Arme hinter dem Kopf, schließe die Augen. Nebenan höre ich ein Weinen, leise und gleichmäßig. Es klingt wie eine Musik, keine vom Berg, keine vom Tal, Ebene trägt sie. Es hört auf, beginnt neu, einsilbige Melodie, auch die Pausen, ganz selten ein heller Akzent, ein Schluchzen. Ich kann mir denken, daß es Elisabeth ist, die weint, eine andere könnte ich wohl von meinem Zimmer aus nicht hören. Warum sie weint? Was weiß ich, vielleicht hat sie Niclas auf dem Spaziergang im Vergnügungspark verloren? Vielleicht hat er alles anders ernst gemeint als sie? Ihre ganze Gruppenarbeit, das Engagement für andere, umsonst? Möglich, daß sie verzweifelt ist, weil ihre Mutter oder Schwester im Sterben liegt. Vielleicht, weil Niclas ihr gestanden hat, daß er sie betrügt. Was weiß ich, ich kenne nur ihr Weinen.

Ich stehe auf und suche in meinem Schrankinnern nach einer blauen Tüte mit goldenem Muster. Während ich mit einer Hand im Schrank wühle, ziehe ich mit der anderen meine Jeans aus. Die gesuchte Tüte liegt unter meinem Pullovern, ich habe sie in letzter Zeit vergessen, gekauft und vergessen. In der Tüte ist eine weitere Tüte, eine durchsichtige, mit schwarzen Nahtstrümpfen, ungetragenen. Ich packe sie aus und ziehe sie vorsichtig über die Hand, dann, aufgerollt, über den Fuß und schiebe sie am Bein entlang, bis der schwarze Rand fest oben sitzt. Der zweite Strumpf ist verdreht, ich muß ihn etwas zurechtzupfen, bis die Naht hinten gerade ist. Im Körbchen habe ich Strumpfhalter, einen roten mit Schleife, einen weißen mit unschuldigem Lochmuster und zwei schwarze, der eine schlicht, der andere mit Spitze, zu schwarzen Strümpfen schwarze Strumpfhalter, das versteht sich, den einen habe ich geschenkt bekommen, die anderen habe ich selbst gekauft. Ich stelle mich vor den Spiegel und prüfe die Nähte nach. Dann ziehe ich die Jeans wieder an. Die Jeans sitzt eng, so daß man die kleinen Schnallen aus Metall und Stoff sehen kann, sie drücken sich deutlich ab, für den, der hinsieht. Ich greife zum Telefonhörer und wähle mich zum Empfang, es klingelt lange, bis der Koch rangeht. Ob er einen Augenblick Zeit habe? frage ich ihn. Ja, sagt er, ob ich inzwischen wüßte, was ich wollte. Ja, sage ich, er solle nur heraufkommen. Der Koch legt auf. Ich stelle Schumann an. Der Koch klopft. Ich schließe die Tür auf, nehme seine Hand und ziehe ihn herein, schließe die Tür hinter ihm und versuche ihn zu küssen. Das will er nicht, er macht sich los, er fragt, was ich will. Ich antworte ihm nicht, greife erneut nach seiner Hand und presse sie auf meine Hüften und von dort abwärts, am Bein entlang, damit er die Schnallen spürt. Der Koch reißt seine Hand weg.

Du trägst Strapse!

Ich lächle, hmm.

Na und? Was soll das?

Mir vergeht das Lächeln, es sollte nur sein Interesse wekken, aber das mag er nicht.

Ich antworte ihm nicht, weiß nicht, wohin mit meinen Armen, die neben mir hängen, und nicht, wozu meine Stimme, ihm was zu antworten.

Du solltest dir etwas Besseres einfallen lassen, sagt er, dreht sich um, öffnet die Tür und läßt sie hinter sich zufallen. Ich höre, wie er die Treppen hinuntergeht. Mir ist nach Heulen, schließlich könnte ich traurig sein, daß er mich abweist. Aber das stimmte nicht. Hühnchen über dem Feuer gilt heute nicht mehr. Er hat mir hinterhergeleuchtet, hat mich längst entdeckt, daß ich nicht laufen wollte, daß ich brutzeln wollte, mich fressen lassen wollte. Das Stück von Schumann ist zu Ende, von nebenan tönt ungebrochen gleichmäßig Elisabeths Weinen. Ich ziehe Jeans und Strümpfe aus, ziehe die Jeans wieder an, dazu meine Wanderschuhe, mit denen ich nie gewandert bin. Die sind modern, es ist mein drittes Paar Wanderschuhe, obwohl ich nie wandern war. Wo auch, es gibt hier keine Berge. Hat das Flachland schuld? Die Treppe gehe ich hinunter, glücklicherweise läuft mir niemand über den Weg, ich verlasse das Haus. Draußen ist starker Wind, der eben den Himmel an einer Stelle aufgerissen hat. Ein kurzes Blau scheint durch, wird wieder zugedrückt. Ich stelle mir vor, wie es wäre, wegzugehen. Weg von hier. Weg, an einen Ort, an dem ich noch nicht war. Woher sollte ich wissen, welche Richtung ich einschlagen sollte? Woher wissen, welche Gefahren da auf mich lauern? Ich würde gern alles wissen, bevor ich mich aufmache, ich habe Angst, zu spüren, daß ich nichts weiß, zu wissen, daß ich nichts weiß. Habe auch Angst, weil der Koch von mir nichts wissen will, kein

Interesse hat. Wie habe ich früher bloß überlebt, ich kaltes Huhn. Ich muß über mich lachen, das bläst die Angst ein wenig fort. Bin zu nichts anderem gut, als gefressen zu werden?

Wenige Meter vor der Brücke kommt mir Niclas entgegen, er grüßt, das ist er mir schuldig, ich erwidere seinen Gruß und sage ihm, er könne heute abend, spät, besser nachts zu mir kommen. Er drückt seine rote Brille, gegen die der Regen peitscht, fest auf die Nase, ja, sagt er, gern, rümpft die Nase, warum nicht? Drückt die Brille ein zweites Mal fest, gibt mir die Hand darauf, verabschiedet sich, warum nicht, sagt er, rümpft abermals die Nase, fast sabbert es dabei aus seinem Mund. Ich gehe weiter. Der Regen wird stärker. Es interessiert mich nicht mehr, warum Elisabeth weint, auch nicht, warum Anton Jonas in eine Tänzerin verliebt ist, die wie ein Kind aussieht und ihn nie zurücklieben wird. Es hat mich noch nie interessiert. Neugierde trieb mich, tumbe Neugierde, nicht mal gemischt mit wohlwollender Anteilnahme. Ich würde die Brücke nicht mehr vom Fenster aus sehen, da hatte ich einen Platz an der Heizung, von dem aus ich gerne hinübersah, zur Brücke, hatte in die Kälte geglotzt und geschmort. Meine Mutter hatte das nicht ertragen, sie meinte schon, daß ich eher etwas tun als ruhn sollte. Aber anders, sie muß etwas anderes gemeint haben. Mir kommt noch einmal die Idee zu heulen, aber ich lehne es ab, mit mir zu leiden, obwohl ich weiß, daß es auch kein anderer tut, oder deshalb. Ich ärgere mich über mich, daß ich den Koch nicht habe kommen sehen und daß ich all die Tage hoffte, er hätte etwas mit mir vor, von dem ich selbst nicht wußte, was es sein sollte. Ich singe mir ein Lied von einem Abwaschmädchen, das tröstet und ermuntert.

Es ist dunkel als ich zurückkehre, meine Stirn ist geglättet, ich bin zu allem bereit. Für heute sind keine Gäste geladen, das sehe ich, weil die Garderobe leer ist und auf dem Empfangstisch ein Zettel liegt, auf dem der Koch sich die Reservierungen für die nächsten Tage vermerkt hat. Es duftet nach Knoblauch und Wein, Geräusche sind aus der Küche zu hören. Ich klopfe bei Madame an. Sie sieht fern, sagt, es ginge ihr seit dem Mittagschlaf gut, wie lange nicht, sie käme allein zurecht, ich solle mich nicht sorgen. Nett, sagt sie, als ich aus der Tür gehe, daß du wieder einmal an Freesien gedacht hast, Kleines. Ach, und danke auch für den, sie zeigt auf den Rollstuhl.

Ich schließe ihre Tür und hüpfe die Treppen hoch. In meinem Bad dusche ich und kämme meine Haare mit dem Fön zu einer Frisur, die ich nie hatte. Mit Zahnseide umrunde ich jeden einzelnen Zahn, zwischen den beiden vorletzten Backenzähnen ziehe ich zu tief, schneide, es blutet ein wenig. Ich schlucke das Blut. Ich rüste mich. Die Lippen rot, die Augen schwarz, die Haut dazwischen muß bleiben, ziehe ein weißes Hemd und ein zur Hose passendes Jackett an, das wird ihnen auffallen, sie werden mich noch nicht so gesehen haben, das macht aber nichts. Eine Rüstung warnt auch, das ist nur fair. Nebenan ist es still, ich denke, Elisabeth und Niclas zanken nicht, sie schweigen, mir soll es egal sein, Elisabeth weint nicht mehr, vielleicht weiß Niclas gar nicht, daß Elisabeth geweint hat, aber mir soll es schließlich gleich sein.

Es ist kurz vor halb acht, ich gehe hinunter, schalte das Licht am Empfang ein und drücke den Knopf für den Gong, das Essen muß fertig sein, es gibt immerhin Regeln, die der Koch kennt, nehme ich an.

Die Tür vom Eßzimmer geht auf, Berta steckt ihren Kopf

herein und betrachtet mich, sie hat den Gong gehört, sie entschuldigt sich, sie sei noch nicht ganz fertig mit dem Decken. Ich lächle sie an, aber das ist ja nicht weiter schlimm. Sie schließt die Tür wieder, und ich höre sie mit dem Besteck klappern. Ich setze mich hinter meinen Empfangstisch und warte, Elisabeth und Niclas kommen herunter, sie hat sich ebenfalls stark geschminkt, braune Paste im ganzen Gesicht und Puder auf der Nase, daß es körnig glitzert. Hartwig trägt heiße Plattenwärmer auf, er hat sich rote Bäckchen erarbeitet, seine Augen funkeln, wieder hat er etwas Neues gelernt. Herr Hirschmann schließt noch im Vorbeigehen die Manschetten, geht ins Eßzimmer, keiner will meine Rüstung bemerken. Ich streiche das Jackett glatt. Anton Jonas klopft bei Madame an und bietet ihr seinen Arm zur Begleitung. Ich folge ihnen, setze mich auf meinen Platz, der wie üblich eine gewisse Entfernung zu den anderen aufweist.

Der Koch entschuldigt sich, er sagt, er habe angesichts der intimen Kleinheit unserer Runde ein weniger aufwendiges Essen bereitet, auch wolle er heute einmal gemeinsam mit uns am Tisch sitzen, wenn gegessen wird. Das ist mir nur recht. Ein einfacher Salat vorweg, das mit Knoblauch gespickte Lamm müsse er dann nur noch auf den Tisch stellen, Burgundersauce und ein Kartoffel-Thymian-Mus dazu. Ich warte auf eine geeignete Pause in seinem Redefluß, darauf, daß er eine Anekdote aus Kuba erwähnt. Das hätte es auf Kuba sicherlich nicht gegeben, sagt er, höchstens in einem europäischen Restaurant.

Nun, sage ich langsam, auf Kuba hätte es bestimmt einiges nicht gegeben. Zum Beispiel Puerto Esperanza, die Bucht, in der Sie zu Hause gewesen sein wollen, die läßt sich beileibe nicht finden.

Die Runde sieht mich aufmerksam an, wartet scheinbar auf eine Erklärung. Ich sage, es handelt sich um eine Lüge, ja wer es wissen will, unser lieber Koch ist gar kein Kubaner, er tut nur so.

Ich warte, die Aufmerksamkeit der beisitzenden Menschen hält sich. Sie schweigen und sehen zu mir, zu dem Koch, dann vor sich auf den Tisch, keiner hebt ein Glas oder sticht mit der Gabel zu.

Und, fragt der Koch als erster, wie sind Sie darauf gekommen?

Nun, mein Lieber, sage ich, freue mich über das erhaltene Gehör, das war nicht besonders schwer, ich habe meine Reiseführer nach der Bucht durchforscht, die Sie Puerto Esperanza nennen, ein Hafen?

Und haben sie nicht gefunden?

Nein.

Das dürfte eigentlich nicht der Grund Ihrer Besorgnis sein, es hätte ja sein können, daß die Bucht zu klein ist, um in den hiesigen Reiseführern erwähnt zu werden? Der Koch scheint kaum erschrocken, auch Scham kann ich seiner Reaktion nicht entnehmen.

Sie leugnen es also nicht?

Warum sollte ich?

Nun, schließlich haben Sie uns an der Nase herumgeführt!

Verzeihen Sie, mischt sich Hirschmann jetzt ein, er steht auf, kommt zu mir, nimmt zur Beruhigung neben mir Platz. Was sind Sie so empört, Kleines?

Kleines? Empört? Ich bin nicht klein! Ja, ist es Ihnen denn nicht klar, der gute Koch hat uns alle an der Nase herumgeführt! Er ist ein Lügner!

Aber, aber, sagt Herr Hirschmann, er spricht besonders leise, damit ich aufhöre zu schreien, das hört sich arg moralisch an. Sind Sie sehr moralisch, meine Liebe?

Ich moralisch? Wieso denn moralisch?

Immerhin, versucht sich der Koch zu verteidigen, bemüht sich schüchtern um ein Lächeln, habe ich doch eine nette Geschichte erzählt. Immerhin hat Ihnen die Geschichte gefallen. Unter anderem haben Sie mich vielleicht eingestellt, weil Sie glaubten, Kuba wäre exotisch genug, um gerade gut für Ihr miefiges Geschäft hier zu sein.

Werden Sie nicht beleidigend! rufe ich ihm zu, bin den Tränen nahe, weil ich spüre, daß mir keinerlei Unterstützung der Umsitzenden gezollt wird. Ich schlage den Kragen meines Jackets hoch und verschränke die Arme.

Eben, sagt Hirschmann, sie ist doch nett, seine Geschichte, sie tut doch keinem weh? Hat er Sie etwa nicht unterhalten, Frau Piper, Herr Jonas?

Sie stecken mit ihm unter einer Decke, rufe ich, Sie wußten es von Anfang an!

Papperlapapp, nichts habe ich gewußt, so wenig wie Sie, auch ich dachte, der Koch kommt aus Kuba, ist ein armer Geselle, dachte ich, habe erst heute mittag mit ihm Finanzierungspläne für das Hotel ausgearbeitet.

Haben was?

Finanzierungsmöglichkeiten erwogen, aber das ist wohl kein Gespräch für alle Anwesenden, möchte ich meinen? Herr Hirschmann sieht mich fragend an. Geschäftliche Dinge bespreche ich lediglich mit Partnern und Beteiligten, nicht aber beim Abendessen.

Anton Jonas, der etwas Zeit benötigt hatte, um die Situation zu erfassen, hebt beide Hände und klatscht zaghaft, einmal, zweimal, bald ununterbrochen. Grandios! ruft er, Grandios! Und kann kochen, der Koch, wie ein Kubaner!

Der Koch lächelt, freut sich, dankt des Lobes. Wie Sie meinen, sagt er, winkt ab.

Ja, wirklich! fällt Madame ein, auch sie klatscht, wunderbar, dieser Koch! Ihr Busen wackelt bedenklich, sie hebt ihr Gläschen, sagt Prosit, schlürft, stellt es ab, freut sich bebenden Busens und klatscht wieder. Ich bin nicht sicher, ob sie versteht, was ihr Anlaß zur Heiterkeit wird. Sie lehnt sich zurück, Dummheit sickert zwischen ihren halb geöffneten Lippen hervor. Elisabeth schenkt mir einen letzten Blick voll Mitleid, das aus ihr trieft, kurz ist er, dann beginnt auch sie zu klatschen, bravo, sagt sie, bravo!

Ich bin verstummt, der Beifall der anderen klingt mir doch wie herzlich bekanntes Gespött, dabei war ich mir so sicher gewesen, ihn ertappt, gefangen zu haben. Verraten wollte ich ihn, ohne mich dabei zu schämen, aber keinen interessiert es. Hirschmann verläßt den Platz neben mir, er räuspert sich.

Ich möchte Ihnen sagen, mein Freund, Sie haben mich überzeugt. Herr Hirschmann ist jetzt aufgestanden, geht um den Tisch herum und reicht dem Koch zur Gratulation die Hand. Sie schütteln sich. Herr Hirschmann sagt: Das können Sie, Sie wissen, wie Sie sich verkaufen, mehr Sicherheit brauche ich von Ihnen nicht. Sie haben meine volle Unterstützung. Er bietet eine Runde seiner Zigarren an, nur Anton Jonas greift zu, sagt, er fühle sich seit langer Zeit zum ersten Mal wundersam inspiriert, so einfach, so genial, so klein zu lügen. Ich sehe zu ihnen hinüber, denke mir, sie müßten jetzt nicht übertreiben. Sie zünden sich die dünnen Zigarren an. Ich wage es nicht, in die Runde zu blicken, ich bin sicher, nicht einmal Niclas hält zu mir, er wird sich meiner schämen, wird schon aus der eigenen Berufsehre heraus der Lüge frönen. Es ist mir unangenehm, da zu sein, da, wo mich nicht mal einer bemerkt, wo ich nur einen weiteren Grund abgegeben habe, dem Koch zu huldigen, und das äußerst unfreiwillig.

Auch ich lüge, denke ich mir, aber besser, ohne daß es einer bemerkt. Es wurde mir auch zeitlebens nicht gedankt, kein einziges Mal. Habe ich nicht den Zettel gefunden und verbrannt, auf dem meine Mutter handschriftlich ihr Testament geschrieben hatte? Auf dem sie Berta zur Erbin des Hotels machen und Madame und Anton Jonas jeweils eine kleine Pension hinterlassen wollte. Anton Jonas sollte ihr dafür als Nachruf ein Gedicht widmen. Für mich sollte nur der Pflichtteil bleiben. Ich hatte meine Mutter mit ihren guten Wünscheleien immer für sehr gefräßig gehalten, für eine Unersättliche. Das muß ich von ihr geerbt haben, fürchte ich jetzt. Ich hatte damals gedacht, Berta wäre mit ihrem Arbeitsplatz glücklicher. Es hat ihr doch nicht wehgetan? Sie hatte doch noch nichts davon gewußt? Und wenn, hat sie sich nie etwas anmerken lassen. Meine Lüge wird niemand erfahren, dafür werde ich auch nie Dank erhalten. Vertreiben lassen will ich mich nicht. Ein Trotz wächst in mir, eine Wut auf den Koch und seine Helfer, die mir das Hotel abkaufen, eine Freiheit verkaufen, einen Handel unterjubeln wollen, den ich noch nie in Erwägung gezogen hatte. Ich entschuldige mich leise, so daß es keiner hört, sage, ich habe keinen Hunger, aber niemand kann antworten, so stehe ich auf, schiebe den Stuhl an die Tischkante und gehe aus dem Eßzimmer. Im Empfang ist es angenehm kühl. Ich gehe die Treppe hinauf.

Schon gegen Mitternacht klopft es an der Tür. Ich lasse Niclas eintreten, versichere mich kurz, daß er seinen Aktenkoffer dabei hat. Er hat meinen kurzen Blick verfolgt, klopft liebevoll auf das Köfferchen, rümpft die Nase, sagt: Alles dabei, alles dabei, alles andere hätte Elisabeth schwer gewundert. Um ihn verbreitet sich ein scharfsäuerlicher Geruch nach Alkohol. Ich habe einfach gesagt, ich müßte noch auf einen Sprung zu Ihnen, wegen der Versicherungspolice.

Und?

Ja, und da bin ich.

Das sehe ich, mehr habe ich nicht erwartet, ich fordere ihn auf, sich zu setzen, er kommt dem nach, drückt seine Brille fest auf die Nase, sieht mich an. Bitte sehr, sage ich, dann rechnen Sie mir Ihr bestes Angebot vor.

Jetzt gleich?

Natürlich gleich, wann denn sonst?

Ich dachte, wir wollten noch ein wenig beisammensitzen, Sie und ich, uns ein wenig kennenlernen.

Kennenlernen? Wozu das?

Nur so, ich dachte eben.

Sagen Sie, unter uns, ein Versicherungsschutz für das ganze Jahr, ist der dann ab sofort gültig?

Ab sofort.

Allumfassend?

Selbstverständlich, nicht rückwirkend natürlich, aber für alles, was morgen passiert.

So. Er schlägt seine Broschüren auf und rechnet mir etwas vor, macht mich auf das eine Kombinationsangebot mit Krankenversicherung und das andere mit Lebens- und Haftpflichtversicherung aufmerksam. Er rechnet mir auch die günstigste Zahlungsweise aus.

Und Ihre Provision?

Ach, wissen Sie, die hängt ganz von Ihnen ab, sagt er, winkt gleichzeitig ab.

Ja, wieso denn von mir?

Na, was Sie wollen! Wieder winkt er ab. Ich nehme an, die Versicherung wird für ihn sorgen, aber ich will noch mehr von ihm.

Können Sie mir die Versicherung auch rückwirkend für die letzten Monate ausstellen?

Ja, wieso das denn? Nein, das geht natürlich nicht.

So leicht gebe ich nicht auf, ich ziehe vorsichtig an seinem Hosensaum, erste Annäherung, streiche ihm bei nächster Gelegenheit das Haar aus der Stirn, zweite, ein langer tiefer Blick, Augenaufschlag. Wie lange haben Sie denn Zeit?

Wann? er ist verwirrt.

Jetzt.

Ach so, vielleicht eine Stunde, er macht wieder eine wegwerfende Handbewegung, oder, ach was, auch zwei.

Nun, das dürfte doch reichen? Sie sind doch ein Fachmann? Mit Computern können Sie umgehen? Gehen wir unten ans Netz, Sie können sich in Ihre Firma einloggen und den Versicherungsbeginn meines Kombipaketes auf den 1. Januar setzen, nicht wahr?

Nun, ich fühle mich geschmeichelt, was Sie mir alles zutrauen, aber.

Ja? Das sollten Sie auch, ich habe selten so einen kompetenten Vertreter wie Sie erlebt, sehen Sie, sonst hätte ich ja schon längst bei einem anderen abgeschlossen.

Aber welchen Sinn macht es für Sie?

Um den Sinn sollten Sie sich nicht scheren, fangen wir gleich an, wir können es auch von hier aus machen, ich vermute, Sie haben Ihren Computer mitgebracht, ich zeige auf seinen Aktenkoffer.

Ja, aber.

Aber? Ich lege ihm meine Hand auf den Mund und lege die andere auf seinen Aktenkoffer, der auf seinem Schoß liegt.

Kommen Sie.

Noch nicht, antworte ich und lächle ihn unschuldig an.

Na gut, wenn Sie denn unbedingt wollen! Ich verstehe nicht, was das soll! Aber mir kann es ja egal sein, schließlich ist es nicht mein Geld, hihi, vorausgesetzt, Ihre Provision für mich stimmt, hihi, also wenn Sie wollen. Sein Kichern zeugt von heller Erwartung.

Ja.

Also, wenn Sie wollen, hihi, nun, vielleicht ist Ihnen im letzten Monat das chinesische Porzellan Ihrer Großmutter aus der Hand gefallen? Fragender Blick an mich, prüft, erwartet eine Antwort. Richtig?

Nein, sage ich, nur keine Sorge.

Ich hab's! Er freut sich wie ein Kind. Die Leiche! Ach ja, natürlich! Daß ich darauf nicht eher gekommen bin! Natürlich, die Leiche! Sie wollen, daß sich jemand kümmert! Aber das hätten Sie doch gleich sagen können, das wollen wir doch alle!

Er ist begeistert und ich mit ihm, so schnell beantwortet er seine Fragen selbst und ist glücklich dabei.

Kommen Sie, ich streiche erneut über seinen Aktenkoffer, gleite dabei wie zufällig ab, streife seinen Oberschenkel, spiele an dem Schloß des Koffers.

Nicht so ungeduldig, Hübsche, ich helfe Ihnen ja. Und tatsächlich, mit einem fachmännischen Griff links und rechts springen die Schlösser auf. Er schaltet seinen Computer ein und bringt sich schnell in das gefragte Programm. Um allerdings meinen Versicherungsbeginn nachträglich zurückzudatieren, bräuchte er mindestens eine halbe Stunde, selbst dann, er findet einen Gesichtsausdruck, der Zweifel ausdrükken soll, aber Verzweiflung ausdrückt, wisse er nicht, ob es ihm gelingt.

Ach, sage ich, ich verlasse mich da ganz auf Sie. Sehen Sie, ich werde die Zeit nutzen und duschen.

Ich bemerke, wie er zusammenzuckt, sich die Lippen befeuchtet und mit einer merkwürdigen Hast auf die Tasten seines Laptops einhämmert. Er wagt es nicht, aufzusehen, mich anzusehen. Ich nehme mir das Handtuch, das über der Tür des Kleiderschranks hing, und gehe ins Bad. Die Tür schließe ich. Ich dusche, bilde mir während dessen ein, daß ich seine Lust, mich dabei zu beobachten, seine Lust, mich anzufassen, spüre. Ich sehe sein dunkelblondes Haar, das ihm ins Gesicht fällt, die rote Brille, hinter der er seine hellen Augen versteckt, und denke mir, auch ich könnte Lust auf ihn haben, wenn er nicht eine Elisabeth nebenan warten hätte und ihm die Suche nach einem Glück, das zu empfinden er in Wirklichkeit bei keiner in der Lage sein wird, förmlich aus dem ganzen Körper, seiner Haltung, seinen Blicken springen würde, selbst aus denen, die er zurückhält. Nein, ich mag auch nicht einen in mich lassen, mit all der Lust überschütten, die auf einen Würdigen wartet und zehrt, keinen, der nur mal vorbeischaut, der sich nebenan eine warme, ihn liebende Frau hält und mich gewissermaßen zur Vervollständigung seines Wunschkatalogs dazulegen will. Dann wieder wende ich das Blatt in mir, zu viel an ein Abenteuer gedacht, zu wenig an seine Dienste, die er mir ansonsten tut. Ich ziehe mich ordnungsgemäß an, bevor ich das Bad verlasse, vor allem, um ihn nicht in unnötige Aufregung zu stürzen, keine Erwartungen zu wecken, die er ohnehin ob des Duschvorgangs schon haben konnte.

Alles geklappt! Er strahlt mich an. Ich habe es geschafft! Das ist schön.

Seit 1. Januar dieses Jahres sind Sie unser Mitglied. Die genaue Rechnung werde ich Ihnen als Mahnung zukommen lassen, damit von seiten der Versicherung alles richtig aussieht, Sie sind angemeldet, haben eben nur bis heute vergessen zu zahlen. Besser noch, ich schicke Ihnen eine dritte und letzte Mahnung, die sollten Sie dann aber sofort zahlen, sonst kommen Schwierigkeiten auf Sie zu.

Danke. Ich greife meine nassen Haare am Nacken zusammen und klemme sie mit einer Spange hoch, lege mir ein Handtuch um den Hals, damit der Pullover nicht naß wird. Niclas reicht mir den Vertrag, den ich unterschreiben muß, dann nimmt er ihn zurück und gibt mir zwei Durchschriften, die anderen Exemplare legt er in seinen Koffer, den er zuklappt. Nun? Er schlägt ein Bein über das andere. Ob er was trinken möchte? Lauter Höflichkeit hat mich zu dieser Frage gebracht, und zu meiner Enttäuschung bejaht er sie. Kaum hält er das Glas mit dem Rotwein in der Hand, wagt er einen Blick zu mir.

Sie sind sehr hübsch.

Am liebsten würde ich ihm sagen, er bräuchte dergleichen nicht mehr zu sagen, schon längst habe ich mich entschieden, ihn nicht zu nehmen, schon längst habe ich entschieden, daß auch er nicht derjenige ist, auf den ich gewartet haben will. Probieren, probieren, probieren, klingen mir Elisabeths Worte im Ohr.

Was ist, warum lächeln Sie? fragt Niclas.

Nur so.

Sie sehen aber, wie soll ich sagen, sehr anziehend aus, wenn Sie so lächeln.

Ach, möchten Sie noch etwas Wein? Etwas Besseres fiel mir wohl gerade nicht ein, natürlich möchte er, den mag er doch besonders gern, den 95er, vielleicht ein bißchen jung, aber gut, gut. Ich denke mir, ein wenig Angst sollte ich ihm vielleicht auch noch machen, damit er mich nicht verrät.

Weiß denn Elisabeth, daß Sie herkamen, um Verträge zu machen?

Na ja, gewissermaßen schon, ich meine.

Es sollte aber niemand wissen, verstehen Sie? Auch ihr müssen Sie glaubhaft machen, daß es sich um die Verlängerung eines Vertrages gehandelt hat. Wird sie doch glauben, nehme ich an?

Tja. Eine Hand von ihm landet schwer auf meinem Bein. Ich will es geradeheraus fragen, sagt er, ganz geradeheraus: Wollen Sie mich küssen?

Küssen? Wie steht es mit dem Vertrag, hallo, hören Sie, können Sie Elisabeth überzeugen?

Kann ich, kann ich, nur keine Sorge, ich kann alles, wenn ich nur will. Wollen Sie mich denn küssen?

Was heißt hier küssen? Meine Stimme wird sehr hoch, ein ungewollter Sopran, seine Hand schiebt sich auch höher, ich trage nur eine dünne Hose, und seine Hand arbeitet sich stetig voran, ist an den Saum meines Slips gelangt. Ich greife nach seinem Handgelenk, halte es fest umklammert. Niclas? Hören Sie mir noch zu? Sie überzeugen doch Ihre Frau?

Und Sie? Überzeuge ich Sie?

Sie sollen mich nicht überzeugen, Sie brauchen mich

nicht überzeugen, verstehen Sie? Aber ich könnte Elisabeth überzeugen, wenn Sie es nicht tun, ich meine, sie überzeugen.

Was? Er macht seine Hand los und sieht mich ungläubig an. Sie meinen?

Ich nicke.

Sie meinen –? Aber das ist doch lächerlich, hören Sie!

Nein, ich denke, Ihre Frau wird wenig lachen, insgeheim wird sie Sie kennen, sie wird wissen, daß ich recht habe, auch wenn sie es nicht zugestehen möchte, sie wird schon den richtigen Instinkt haben, da vertrauen Sie mir doch einfach.

Aber, ich weiß gar nicht, was ich jetzt denken soll, Sie stoßen mir richtig vor den Kopf. Ich dachte, wir beide machen es uns ein wenig nett, ganz ohne Hintergedanken, ich meine, Sie dachten, ich wollte Sie bestechen? Sie denken, so einen kleinen Versicherungsbetrug mache ich nicht ohne Ehebetrug? Sie kennen mich aber schlecht! Natürlich kennen Sie mich schlecht, wie sollten Sie mich auch besser kennen? Ich sage Ihnen, ganz unabhängig von Ihrer Geneigtheit, ein wenig Spaß mit mir zu haben, oder nicht, ich werde gewiß Elisabeth den verlängerten Vertrag unterjubeln, ganz unauffällig, ohne viel Aufsehen. Sonst wäre ich doch ein schlechter Versicherungsagent, meinen Sie nicht? Jeder gute Geschäftsmann trennt die einen von den anderen Geschäften. Sicherlich unterstützt mich meine Frau, auch beruflich. Aber wo denken Sie hin, woher käme mein beruflicher Ehrgeiz, mein ganzer Stolz, wenn ich alles mit ihr teilte? Sie sind doch kein großes Fischchen. Da gibt's doch ganz andere Geschäfte, bei so einer Versicherung! Darüber wollen wir doch jetzt nicht reden?

Tatsächlich, der Mann erstaunt mich, in Sekundenschnelle knöpft er seine Hose zu, die ich ihm nicht geöffnet hatte, und hat einen ordentlichen Scheitel, die Haare links und rechts ganz glatt. Ja, wo habe ich denn hingedacht?

Wir sitzen eine Weile schweigend nebeneinander. Beide haben wir die Beine übergeschlagen, ich verschränke meine Arme, und er hat die Hände gefaltet.

Meine Frau, die Elisabeth, die möchte sehr gerne Kinder. Und sehen Sie, bin ich etwa ein Vater?

Wie könnten Sie!

Na, ich meine, zum Vatersein fühlt man sich doch gewiß berufen, oder? Aber ich, ich höre in mir nichts rufen. Die Lust auf die Frau ja, aber auf ein Kind? Auf einen dritten, der ständig schreit und will und plärrt und scheißt? Nein, also, ich bin doch kein Vater. Verstehen Sie, ich mag meinen Beruf, das ist eine saubere Arbeit, am Schreibtisch und mit Menschen. Aber Kinder! Da muß man doch beweglich im Alltag sein und unbeweglich im Ortswechsel. Genau das bin ich nicht. Sehen Sie, ich mag es, wenn Elisabeth und ich zum Volleyball oder zu anderen Freizeiten von der Crew gehen, ich mag meine kleinen Reisen –.

Und, das Problem? Ich bin etwas harsch, bin ungeduldig geworden, ob seines langen Geredes, das mich wenig interessiert.

Das Problem ist, es wirkt sich auf unser ganzes Leben aus, ständig redet sie von Kindern, am liebsten hätte sie drei oder vier. Sehen Sie, das ist es auch, sie kann ja nie genug bekommen, die Elisabeth. Nicht eins, nein, vier möchte sie, einen ganzen Park, ha, wenn es nur ein kleiner niedlicher Kindergarten wäre, nein, einen Park möchte sie! Immer mehr!

Nun hören Sie, Niclas, jetzt werden Sie aber ungerecht.

Ach. Er nimmt seine Brille ab und reibt sich die Augen. Sie haben ja recht, was erzähle ich Ihnen hier?

Ich antworte nicht, denke mir, wenn ich einfach gar nichts mehr sage, wird er sich in Bälde unwohl fühlen und das Zimmer verlassen. Noch ein wenig Sitzfleisch zeigt er, wechselt das übergeschlagene Bein, sieht auf den Boden, dann auf die Armbanduhr, vergewissert sich, daß ich den Blick auf die Uhr nicht bemerkt habe, würde vielleicht gern länger bleiben. Er wartet. Ich lasse ihm nicht mehr viel Zeit, ich stehe auf, gehe ins Bad, um das Handtuch aufzuhängen. Als ich zurückkomme, hat er sich noch immer zu keiner Äußerung entschließen können, sitzt da wie versteinert.

Nun gehen Sie schon, fordere ich ihn freundlich auf, Ihre Frau wartet doch schon. Sonst macht sie sich noch Sorgen.

Sie haben ja recht, sagt er wieder und hört sich trüb dabei an, als hoffe er, mich doch noch umzustimmen, daß ich ihm wohlgesonnen wäre. Einen letzten Schluck noch, sagt er, greift zu der Flasche und gießt sich den Rest ein. Ach, sagt er, ich bin ein geprüfter Sohn.

Ein was?

Ein geprüfter Sohn, haben Sie noch nie davon gehört?

Tut mir leid, sage ich.

Er winkt ab, endlich begreift er, daß auch ich ihn nicht verstehe, daß er wohl sein Leben wird einsam unter Frauen ertragen müssen. Ich halte ihm die Tür auf. Er trinkt den letzten Schluck, nimmt seinen Koffer und trollt sich hinaus.

Ich bin erleichtert. Kurz darauf klopft es wieder. Der Koch? Nein, es ist Niclas noch einmal.

Eine Frage noch, er zeigt mit dem Zeigefinger auf mich, der sich zwischen meinen Brüsten in den Pullover bohrt, da sein Gleichgewicht inzwischen geringfügig aus der Kontrolle gerät, die Versicherung, wozu wollen Sie sie denn haben, wenn Sie eh verkaufen?

Ich habe Ihnen doch gesagt, den Sinn sollen Sie mir überlassen! So langsam macht mich der Kerl wütend.

Ay, ay, alles Ihre Sache.

Und wie er sich abwendet, mit einer Hand ein letztes Mal abwinkt, sage ich ihm noch, leise, damit es kein anderer hört, daß ich nicht verkaufen werde, aber ich bin mir nicht sicher, ob er es gehört hat.

FÜNFTER TAG Wie geht's, wie steht's? Alles fit? Hartwig kommt vom Joggen, trifft mich, als ich gerade die Treppe herunter stolpere, etwas müde noch, konnte letzte Nacht kaum schlafen. Er fletscht die Zähne mäßig beim Lachen, seine Fröhlichkeit könnte, würde man ihn für hinterhältig halten, fast spöttisch klingen, so schallend ist sie.

Habe heute morgen, als ich aufgewacht bin, meine Umgebung ganz fremd vorgefunden, alle Gegenstände im Zimmer, die ich sonst alltäglich hingenommen hatte, schienen mir mit einem Mal neu, der Schrank hatte eine seltsame Form, eine unbekannte Farbe, die Dinge, die umherlagen, schienen nicht mir zu gehören, ich dachte, ich hätte sie nie berührt. Noch wußte ich, daß es meine Sachen waren, ich wußte es, aber ich hatte keine Erinnerung mehr an sie, hatte vergessen, wie sie aussahen und sich anfühlten, betrachtete alles neu. Dann stieg ich aus dem Bett, wohl in der Hoffnung, die Berührung mit dem Boden könnte mir etwas sagen, das mir die anderen Dinge vorenthielten, aber auch der Boden blieb stumm und seine Oberfläche war merkwürdig glatt. Ich nahm mir den Pullover, von dem ich wußte, daß er mir gehörte, ich fror und zog ihn mir über, auf die nackte Haut, zog Filzlatschen an, weil ich wußte, daß auch der Boden in Bädern häufig kalt war, das Licht im Bad war anders, fremd, noch nicht einmal kalt, ganz ohne Temperatur, nur fremd. Ich wußte, daß ich das Gesicht im Spiegel war und meine die Haut, die ich unter der heißen Dusche mit einer Bürste ganz rot rieb, bis sie brannte. Aber etwas in mir fehlte, war mir über Nacht verlorengegangen. Ich wußte, was zu mir gehörte, aber die Verbindung zu den Dingen fehlte gänzlich.

Alles fit? fragt Hartwig erneut, ich hatte ihm nicht geantwortet.

Ja, sage ich, klar. Jetzt kann er weitergehen. Vielleicht ist das, was ich gerade erlebe, die Erinnerung an Geburt, den Verlust meiner Fruchthülle, die alles Denken ausmachte, die mit mir gewachsen war wie ich mit ihr, alles Sehen, Schmecken und Hören, was ich bislang gekannt hatte, eine Erinnerung einzig an jenen Moment, wo die Fremdheit begann, und der immer fortdauernde verzweifelte Versuch, sich diese Fremde zu eigen zu machen.

Die erste bildhafte Erinnerung, die sich zu mir gesellt heute, ist die Erinnerung an einen Traum, den ich heute morgen gehabt haben muß. Ich war ein Gleisarbeiter, unter Tage, ich wurde aufgerufen und kam, ich hatte eine Tasche über der Schulter, mit Werkzeug zum Kratzen, meine Aufgabe war es, Menschen, die sich den Zügen in den Weg gelegt hatten, einzusammeln, Arme, Bäuche, lose Lippen, ein Stück von einem Hals, der sich über dem Gleis ganz flach und lang gezogen hatte. Ich verspürte weder Ekel noch Unbehagen. Ich las die Teile auf, steckte sie wohl in einen Sack oder ähnliches und machte mich auf den Weg, eine lange Treppe nach oben, wo Tageslicht auf mich wartete. Kurz darauf mußte ich diese Treppe wieder hinunter, und bei jedem Schritt wurden meine Füße schwerer, es war wohl ein neuer Tag, schon konnte ich unten die Gleise sehen, wußte, daß Arbeit auf mich wartete, blickte zurück und sah oben das Licht, dort wollte ich hin, da oben war es warm, da gab es Vögel und Luft, aber meine Füße wurden immer schwerer, wie Blei zwangen sie mich, hinunter in die Grube zu gehen. Unten verrichtete ich meine Arbeit, las unter Tage die Menschenstücke von den Gleisen, ich erinnere mich, daß ich es unkonzentriert tat, meine Sorgfalt ließ nach. Ein Vorarbeiter kam und sagte, ich solle auch die Ohren einsammeln. Ich antwortete ihm, die Ohren seien so klein, die würde doch keiner sehen, die störten doch nicht? Doch, sagte er, alles müsse seine Ordnung haben, und ich wunderte mich nur, daß er sie sah, die Ohren, möglich, er fürchtete, sie würden noch hören. Hatte ich meine Arbeit verrichtet, stieg ich wieder hoch. Oben war der Tag bereits vergangen, die Sonne schon nicht mehr da, ich sah noch ein weiches Rot in der Häuserschlucht, dann war es dunkel. Gleich mußte ich erneut hinunter in die Grube einfahren, mit meinen Füßen, die mich dorthin zwangen. Es war eine ständige Wiederholung. Dieser Traum bringt mich dem heutigen Tag nicht näher. Im Gegenteil, er sagt mir wenig, außer daß mich ein fremdes Leben schlucken wollte, eine Arbeit, die nicht meine war, durch die ich nichts als Sehnsucht nach etwas anderem empfand. Ich mag Arbeiten nicht, obgleich ich keine andere als das Hotel kenne.

Der Koch rührt Joghurt mit Olivenöl an. Ich stelle mich neben ihn an den Küchentisch und sehe zu, wie er den zerhackten Knoblauch mit Salz im Mörser zerstampft, der Knoblauch verliert Saft, wird glasig und matschig, ich konnte ihn schon im Empfang riechen. Er sagt, er macht eine kalte Sauce, die bis zum Abend ziehen müsse. Ob Gäste kommen, möchte ich wissen. Ja, sagt er, er nehme schon keine Reservierungen mehr an.

Ich möchte dich etwas fragen, höre ich mich.

Was denn?

Würdest du mitkommen? Ich meine, wenn ich ginge?

Der Koch stößt weiter den Knoblauch, schweigt.

Du?

Was soll ich dir antworten? Habe ich je den Eindruck gemacht, weg zu wollen? Ich bin doch gerade angekommen, verstehst du? Wohin sollte ich mit dir wollen? Ich habe doch schon einen Weg hinter mir. Außerdem müßte ich ertragen, daß du mich einen Lügner nennst und das böse meinst. Letztendlich müßte ich dich auch noch lieben, ja, wie wär' denn das? Warum das alles? Warum sollte ich?

Darauf kann ich ihm keine Antwort geben. Ich zucke mit den Achseln. Eine kleine Enttäuschung stellt sich doch noch ein, hätte gerne jemanden gehabt, der mich an die Hand nimmt, der mich in der Freiheit festhält. Aber das ist wohl widersinnig. Ich wende mich von dem Koch ab, will nach nebenan gehen, ins Eßzimmer, in dem ich Hirschmann etwas erzählen höre.

Warte einen Augenblick, sagt der Koch gerade, als ich aus der Tür bin. Ich habe mir etwas überlegt. Ich meine, unabhängig, ob du verkaufen möchtest oder nicht — wie wäre es mit einem neuen Namen für das Hotel? Sieh mal, ein Name macht ja auch Werbung, der steht doch für was. Die Leute wollen sagen können: Ich gehe zu. Und was sollen sie dann sagen? Ich gehe zu denen da hinten, da ist so ein kleines abgetakeltes Hotel. Hmm? Was meinst du?

Was soll ich meinen? Was für einen Namen?

Ich wüßte einen.

Und zwar?

Machst du mich wenigstens zum Geschäftsführer?

Soll das ein Handel sein?

Willst du ihn wissen?

Ja.

Ja, ich werde Geschäftsführer? Der Koch bringt mich zum Lachen, er will wirklich, soll er doch, ich freue mich, daß er Spaß hat.

Ja, ich mache dich mindestens zum Geschäftsführer.

Gut. Er freut sich, dreht sich um sich selbst, stampft mit dem Fuß auf, hat wohl erreicht, was er wollte.

Und, der Name?

Esperanza.

Er meint auch das ernst, er denkt, das würde den Leuten Lust machen, würde sie neugierig machen, ihre Phantasie wecken. Esperanza, das abgetakelte Hotel am Rande des Orts, weißt du, gleich vorne neben der Brücke. Da gibt es gutes Essen. Die haben einen neuen Koch, einen kubanischen, sagt man.

Esperanza steht für etwas, das ich noch nicht kenne, das ich in Brand setzen werde. Nicht umsonst habe ich mir Niclas gestern aufs Zimmer geladen. Eine kleine Schadenfreude packt mich. Die Versicherungssumme wird mir genügen. Eine längere Ansichtsfahrt, verschiedene Hotels begutachten und bald mein eigenes, neues finden, gründen, meine ich? Ich greife zum Telefon und rufe im Reisebüro an.

Für heute abend nach Havanna?

Ja, sage ich und gebe ihr die Nummer meiner Kreditkarte durch. Das Ticket kann ich mir am Flughafen beim Schalter der Luftlinie abholen.

Ich werde nicht packen, das fiele auf, außerdem würde ich nichts mitnehmen wollen. Innerlich springe ich an die Decke, vor Freude, mein Kopf hämmert. Nach außen, ich versichere mich im Spiegel, sehe ich blaß und einfach aus, wie immer, so traue ich mich ins Eßzimmer, wo Herr Hirschmann mit Anton Jonas in eine Unterhaltung vertieft ist.

Menschen, die hungern, geben eine ganze Weile, erst Gefühle, aber auch wenn sie selbst produzieren in der kindlichen Hoffnung, ihnen würde dann auch gegeben. Bis sie nicht mehr können. Es stößt ihnen unangenehm auf, daß sie die ganze Zeit so sinnlos ihre Güter verschleudert haben, und ein Grimm packt sie, nie mehr, keinem einzigen eine Kleinigkeit zu schenken. Sie beginnen, bissig zu werden, wie Wölfe oder Hunde, die den ganzen Tag im Zwinger eingesperrt sind und nichts als das Echo ihres eigenen Gebells hören. Sie werden Mörder oder krank.

Eine einfache Erklärung, sagt Anton Jonas zu Hirschmann, zu einfach für mich.

Keine Erklärung für Sie, um ehrlich zu sein, auch für mich nicht, ein Gedanke nur. Möchten Sie noch Tee?

Ja gern. Anton Jonas reicht seine Tasse, und Herr Hirschmann schenkt ihm nach.

Ich mache mich über die Pflanzen her, die auf dem Fensterbrett stehen, gieße sie, jede mehrmals, höre zu, ärgere mich über das, was Herr Hirschmann sagt, habe das Gefühl, er will mir heimlich den Wind aus den Segeln nehmen. Aber keiner weiß, nur ich! Sie werden mich nicht zu ihresgleichen machen, denke ich, spüre meinen Trotz und die Wand, die er um mich errichtet. Fast erscheint es mir, als wollten sie mich zwingen, die potentielle Mörderin oder krank zu sein. Auch das will ich nicht.

Als ich mit meiner Gießkanne in den Empfang komme, sitzen da Elisabeth und Niclas auf der Bank, der Koch nebendran im Sessel. Sie reden, sobald sie mich sehen, verstummen sie, sehen mich an.

Guten Morgen, wünsche ich, das kann ich noch, nehme aus dem Augenwinkel wahr, wie sie ihre Köpfe schütteln. Habe ich etwas Falsches gesagt? Hat Niclas mich verraten? Wohl kaum, diese Art von Männern glaube ich zu kennen. Ich gieße die Alpenveilchen, erst die rosaroten, dann die rosa-weißen. Elisabeth steht auf.

Wissen Sie – wissen Sie, nun tun Sie doch nicht so fleißig hier!

Nanu, das hört sich an, als wären Sie wütend.

Das kann man wohl sagen! Sie stehen hier morgens in aller Seelenruhe, gießen ihre Alpenveilchen und müssen einen Schnupfen oder dergleichen haben, daß Sie noch getrost schlafen konnten bei dem Gestank!

Ich sehe mich um, Koch, Knoblauch, Blumen.

Die Leiche! Riechen Sie ihn denn nicht, den Aasgeruch?

Alle drei sind empört, starren mich mit offenen Mündern an. Mir kann ich es ja sagen, ich habe ihn nicht gerochen, zumindest nicht als solchen, meine Suppenschüssel, ja, die fiel mir manchmal ein, aber an die Leiche werde ich nur von ihnen erinnert. Die gibt es in meinen Gedanken sonst nicht, hat sich erledigt, wegen der Polaroidfotos und der Polizei, die noch kommen wollte.

Das müssen Sie uns mal erklären, was das mit Ihnen ist! Das sieht aus wie pure Schikane, als hätten Sie irgendein Interesse, diesen Toten da oben nicht ins Grab zu lassen! Niclas ist wohl etwas erzürnt, daß ich mich nach dem Vertragsabschluß nicht sofort um Meldung des Todesfalls bei der Securitas gekümmert habe.

Ich werde später bei der Polizei anrufen –.

Nein, nein, das brauchen Sie jetzt nicht mehr, wir haben das Notwendige eingeleitet. Die Polizei bekommt eine Versäumnisklage, und der Bestatter Stöber wird jeden Augenblick hier eintreffen.

So? Ich höre, daß hinter meinem Rücken die Tür aufgestoßen wird, und der Bestatter Stöber marschiert in voller Montur, mit Begleitung und Blechkasten, herein. Sie schieben mich aus dem Weg und gehen an mir vorbei die Treppe hinauf. Niclas und Elisabeth folgen, Hartwig wartet oben auf der Treppe, er macht ein verzagtes Gesicht. Ich folge, schließe ihnen die Tür auf. Sie legen ein Laken neben den Toten und rollen den wieder weichen Leichnam darauf. Das Laken schlagen sie vorsichtig zusammen. Dann packen die zwei Männer jeder an einem Ende an, eins, zwei, drei und hopp, sie sind nur leicht gegen den Rand des Blechkastens gestoßen, das Bündel sicher plaziert, sie stopfen das Laken zurecht, Schatulle zu, angefaßt und eins, zwei, drei, angehoben, abgetragen. Bestatter Stöber dreht sich an der Tür zu mir um: Ich habe Ihnen doch gesagt, Sie sollten die Heizung zu- und nicht aufdrehen. Sie können jetzt das Fenster öffnen. Hier eine Karte vom Hygieneinstitut, die werden ihr Bestes tun, Sie von der Geruchsbelästigung zu befreien. Bestatter Stöber gibt mir eine Visitenkarte. Heute hat sich sein Ekel gegen mich in kühle Sachlichkeit verwandelt. Wie schön.

Berta bietet sich an und beginnt, mit Wischlappen und Desinfektionsmittel den Boden zu schrubben, Niclas, Elisabeth und ich sehen ihr ein bißchen dabei zu. Dann sagt sie, sie wolle sich entschuldigen, aber sie sei nun ein wenig unpäßlich.

Krank?

Unpäßlich, sagt sie, verzeihen Sie bitte.

Ja, sage ich.

Ja, noch einmal bittet sie mich um Verzeihung, aber sie

wolle jetzt doch lieber nach Hause gehen, sie fühle sich unpäßlich, wiederholt sie und läßt den Schrubber samt Wischlappen im Eimer stehen, trocknet ihre schmalen Hände an der Schürze ab und geht an uns vorbei und die Treppe hinunter. Das habe ich noch nicht erlebt. Berta fühlt sich nicht unpäßlich, zumindest hat sie das noch nie zuvor behauptet. Fein, denke ich, den ganzen Tag ohne Berta, alle Räume für mich, ohne zu befürchten, daß sie zur Tür hereinkommt.

Ohne ein Wort verschwinden auch Niclas und Elisabeth, sie gehen in ihr Zimmer, ich gehe nach und lausche an der Tür, um zu hören, was sie über mich sprechen. Zu meiner Enttäuschung bin ich nicht ihr Thema, wie häufig reden die beiden kaum miteinander. Die Krawatte, sagt er zu ihr, kurz darauf: Nicht so fest. Eine Weile nichts. Dann sie: Steckst du Geld ein? Er: Wer sonst? Jetzt höre ich, wie sie auf die Tür zukommt, ich weiche zurück, stelle mich mit dem Staubtuch in der Hand ans Treppengeländer. Berta hat gut poliert. Ich kann hören, daß sie Schuhe mit Absätzen angezogen hat. Die Tür geht auf, sie haben sich vornehm angezogen, er im Anzug, sie im Kostüm mit Perlenkette, er die Mäntel über dem Arm.

Ach, gut daß Sie gerade hier sind, sagt er zu mir, könnten Sie uns ein Taxi rufen?

Natürlich, wohin denn?

Ins Casino.

Elisabeth muß noch einmal zurück ins Zimmer, sie flüstert zu ihm: Ich hab' noch die Tampons vergessen. Er wartet auf sie, die Klinke in der Hand. Ich lege mein Staubtuch auf dem Geländer ab und gehe ihnen ein Taxi rufen. Zwar bezweifle ich, daß das Casino um diese Zeit schon geöffnet ist, aber das werden sie ja selbst sehen, ich will sie nicht verunsichern. Ihr Ausgang ist mir lieb. Als das Taxi da ist, trägt mir Niclas auf, ich solle dem Koch Bescheid geben, daß sie außer Haus essen würden, sie verabschieden sich beide nicht von mir.

In der Küche ist alles ruhig, der Koch bastelt an seinem Essen, hat Hartwig einkaufen geschickt. Etwa zwei lange Stunden verbringe ich an meinem Empfangstisch, das Telefon klingelt kein einziges Mal, es wird nur langsam dunkel, ich spitze den Bleistift an, sehe in die Schlüsselfächer, suche Streichhölzer und prüfe die Anzeige des Fax-Gerätes. Meine Fingernägel könnte ich auch noch feilen, aber das wäre mir jetzt zu besinnlich, eher suche ich nach kurzen Tätigkeiten, die meine Gedanken zerstreuen. Schließlich ist es soweit.

Ich gehe hinunter in den Waschkeller. Habe häufig gehört, daß die Feuerwehr noch viel retten kann, das soll sie diesmal nicht, es soll nichts mehr übrigbleiben, eine kleine Zeituhr wäre gut, aber man könnte sie finden, mich sofort als Brandstifterin enttarnen. Außerdem habe ich keine Zeituhr. Ich habe Benzin und ein Feuerzeug. Mit dem Feuerzeug müßte ich zu nah an das Benzin, ich würde mich verbrennen, Streichhölzer konnte ich nicht finden. Ich könnte eine Explosion des Wäschetrockners verursachen. Aber auch das kann schiefgehen. Wobei? Den Trockner voller Benzin gießen und ein Streichholz dazu? Aber es würde nach Benzin riechen, und wie nah müßte ich heran, um das Streichholz sicher in den Wäschetrockner zu werfen? Ich will aber dafür sorgen, daß keiner verletzt wird, sie sollten alle das Haus verlassen, rechtzeitig. Ich werde sie hinauslocken, werde sagen, es gebe eine Mondfinsternis zu sehen, man kann sich ja mal irren. Viele sind es glücklicherweise heute nicht, die Gäste zum Abendessen werden noch nicht da sein. Wider Erwarten komme ich unter Zeitdruck, ich muß in wenigen Minuten los zum Flughafen. Ich könnte darauf verzichten, keine Spuren zu hinterlassen und das Benzin außen ums Haus gießen. Dann hätte ich auch keine Zeit mehr, die anderen aus dem Haus zu locken. Habe ich eh nicht mehr. Sie werden in den Flammen sterben. Ich kann auch das Benzin schnell vergießen, noch einmal reingehen und den Feueralarm auslösen, und erst beim Rausgehen das Benzin entzünden.

Es kam gerade ein Anruf für Sie. Herr Hirschmann ist die Kellertreppe heruntergekommen, ohne daß ich ihn dabei gehört habe.

Was für ein Anruf?

Daß Ihr Flugzeug Verspätung hat, vier Stunden.

Vier Stunden?

Ja, vier Stunden. Ich wußte gar nicht, daß Sie wegfliegen wollten, das haben Sie nicht gesagt.

Das habe ich auch heute erst entschieden.

Na wunderbar. Da haben wir ja Glück gehabt, dann können wir Sie noch zum Flughafen begleiten, das wäre mir zumindest eine große Freude. Herr Hirschmann tritt näher.

Ach ja?

Ja. Und was tragen Sie denn da Schweres? Soll ich Ihnen helfen?

Ach nein.

Kommen Sie, ich helfe Ihnen gern. Ah, ein Benzinkanister. Er nimmt ihn mir aus der Hand. Er ist nicht erschrocken, will ihn einfach nach oben tragen.

Ja, ein Benzinkanister, ich mußte die Geräte reinigen.

Mit Benzin machen Sie das?

Manchmal ja.

Er geht voran und ich hinter ihm die Treppe hoch.

Lassen Sie es uns doch auch den anderen sagen. Die würden sich bestimmt freuen, Sie zum Flughafen zu bringen. Besonders unser Koch.

Besonders unser Koch, ja, das glaube ich auch, sage ich leise.

Nicht wahr? Wo soll ich den Kanister hinstellen?

Hier, ich zeige ihm die Kammer, unter das Regal.

Es stellt sich heraus, daß gar nicht alle mitkommen können. Schließlich gilt es auch heute abend etwas zu kochen. Nachdem Hirschmann es mir abgenommen hat, die anderen von meiner bevorstehenden Reise in Kenntnis zu setzen, breitet sich eine ungeahnte Fröhlichkeit unter meinen Gästen aus. Madame rollt in ihr Zimmer, sie ist auf der Suche nach einem Talismann, den sie mir mitgeben möchte. Normalerweise, sagt sie, glaube sie an solchen Quatsch nicht, aber wo ich es nun bin, ihre Kleine, die auf große Reise geht! Und sie liebt mich doch, wie meine Mutter, das macht ihr Freude. Auch wenn ich ihr hübsche Fotos mitbrächte, wäre sie entzückt, sagt sie, sie verläßt sich da ganz auf mich. Sie gießt sich von ihrem Whisky ein weiteres Glas ein, es ist nicht mehr viel in der Flasche drin.

Der Koch hat sein Essen gut vorbereitet und überantwortet es heute abend Anton Jonas, zu erhitzen und zu servieren. Der ist stolz, daß er einen Abend Koch spielen darf, dafür schenkt er mir seinen allerersten Blick seit Jahren, ihm wurden Hartwig und Madame Piper zur Seite gestellt, was ihn ebenfalls erfreut, wo er doch so selten in den Genuß kommt, zu delegieren. Diese freudige Anspannung, die die drei verbreiten werden, glaubt der Koch, erwecke in den auswärtigen Gästen den Eindruck, an einem besonderen Ereignis teilzuhaben. Unter Umständen hinterläßt dergleichen ein höheres Glück als ein Drei-Sterne-Menu. Der Koch hat muntere Ideen, Hirschmann klopft ihm auf die Schulter, er freut sich, jemanden gefunden zu haben, in den es sich lohnt, zu investieren. Ein wenig Neid verspüre ich, weil ich es noch nicht so weit gebracht habe, weder in einen anderen zu investieren, noch investiert zu werden. Allerdings, wenn ich es mir genau überlege, fällt ein wenig des Mutes von Hirschmann ja auch auf mich ab, immerhin übergebe ich ihnen mein Hotel. Hoffentlich werde ich immer genügend Geld dafür kriegen, ein monatliches Auskommen würde mir reichen, oder ich verkaufe doch eines Tages. Meine beiden Begleiter haben schon ihre Mäntel an, sie sind gut gelaunt, dafür winken sie mir auch noch gerne hinterher. Gehen wir? Wir gehen.

Das Taxi hält, wir überlassen Hirschmann den vorderen Platz, dann lasse ich erst den Koch einsteigen. Ich möchte, wenn das Taxi vom Hotel wegfährt, aus dem Fenster kucken und das Hotel verschwinden sehen.

Sieh mal, sagt der Koch, als wir anfahren, er zeigt aus meinem Fenster, da winkt dir jemand. Ich sehe nach. Es stimmt. Madame hat sich an das Fenster gerollt und wirft mir Kußhände zu.

Und wenn du zurückkommst, wirst du meine Einkäuferin vom Dienst? fragt der Koch.

Nein, ich mag nicht einkaufen, ich kann das auch gar nicht.

Ach komm, tu doch nicht so, als seist du untauglich.

Lassen Sie sie nur erst mal fahren, unterbricht ihn Hirschmann. Ich vertraue Ihnen, sagt Hirschmann zu mir, Sie sind ein Stehaufmännchen.

Das ist aber nicht nett.

Doch, das ist es. Ich bin überzeugt, daß Sie etwas finden werden.

Was soll ich denn finden?

Das sollten Sie sich fragen. Was Sie wollen. Hoffentlich werden Sie nicht Soldatin. Es tut mir leid, Ihnen das sagen zu müssen, aber zum jetzigen Zeitpunkt wären Sie auch dazu geeignet. Herr Hirschmann dreht sich nicht zu mir um, er sieht vor sich aus dem Fenster, raucht.

Ich antworte ihm nicht mehr.

Wir fahren über die Brücke, ich mag Brücken.

Ich weiß, sie haben alle erwartet, ich sei nun fort, zumindest für eine Weile. Die kleine Umhängetasche, die ich mit den wichtigsten Sachen, Ausweis, Geld und ähnlichem, mitgenommen habe, hängt mir über der Schulter. Es ist eine Zeitschrift dazugekommen, die ich während des langen Aufenthalts auf dem Flughafen gekauft hatte. Die zweite Hälfte eines Sandwiches duftet aus der Tasche, wenn ich sie öffne, um nach meiner Uhr zu sehen. Es ist mitten in der Nacht, gegen zwölf Uhr, etwas später schon. Die letzten paar Meter der Brücke nehme ich im Hüpfeschritt, meine Tasche schlägt dabei von der einen zur anderen Seite. Vorhin muß es geregnet haben, der Boden ist naß, die Luft feucht. Die Fenster im Parterre sind alle noch hell erleuchtet, sie haben die Rolläden nicht heruntergezogen. Ich komme näher, man hört auch Musik. Hinter Madames Fenstern brennt ebenfalls Licht, ich sehe, wie jemand das Fenster schließt, die Vorhänge vorzieht, es wird Madame sein, oder einer, der ihr hilft. Der Hinterausgang ist von außen nicht zu öffnen, ich muß also durch den Empfang. Na und, beantworte ich in mir ihre Fragen möglichst leichthin, na und. Ein Straßenfeger in Orange mit blinkendem Gürtel läuft neben seiner Kollegin her, die langsam im Auto fährt. Das Auto hält, der Straßenfeger bückt sich, hebt Papiere auf. Ich gehe langsam an ihnen vorbei. Er lacht und sagt zu seiner Kollegin: Die Dicke will nicht, daß man sie verrät. Mir soll's egal sein, ich muß mit den Tauben hier nicht leben. Und wenn sie mir Schweigegeld zahlt, schön, ich würde sie ohnehin nicht verraten. Er reicht ihr durch das offne Autofenster einen Zwanzigmarkschein. Er lacht. Sie freut sich mit ihm und sagt: Wir sollten öfter hier vorbeikommen, wahrscheinlich füttert sie ihre Tauben jeden Abend.

Ich lasse die beiden hinter mir. Als ich das Tor zu dem letzten kleinen Stück Weg am Hotel öffne, höre ich die Tauben unter Madames Fenster picken, sie gurren, sie picken Haferflocken und Rosinen, die ich nicht erkennen kann, ich höre sie, wie sie ihre Schnäbel in die aufgeweichte Erde stoßen, sie ihre Flügel putzen und, die Köpfe nach vorne schiebend, vor sich hin gurren. Ich wußte gar nicht, daß sie nachts fressen.

Ich öffne die Eingangstür, die Tür zum Eßzimmer ist angelehnt, ich höre Stimmen und Lachen. Madames Tür ist geschlossen. Ich schließe die Eingangstür hinter mir und gehe an der angelehnten Tür vorbei, greife nach dem Geländer und steige die Treppe Stufe für Stufe hinauf, ich gebe mir keine besondere Mühe, leise zu sein, denn es hört mich eh niemand. Oben schließe ich meine Tür auf, das Licht mache ich nicht an, ich lasse mich samt Anziehsachen aufs Bett fallen. Erst später in der Nacht, oder es ist schon früher Morgen, wache ich auf, weil ich friere, ich ziehe mich aus und lege mich unter die Decke, die ich von oben schon angewärmt habe.

SECHSTER TAG   Morgens, als ich in die Küche komme, ist Berta wieder da. Sie begrüßt mich, wie üblich. Guten Morgen, sagt sie, gut geschlafen? fragt sie, ich nicke. Sie entschuldigt sich, daß sie gestern gegangen sei, sie erklärt nichts weiter, ich nicke, sage: Schon gut, Berta. Sie macht Rührei mit Lauch und Rührei mit Speck. Das sei ja ein heilloses Durcheinander hier, sagt sie, als sie den Geschirrspüler öffnet. Viele Gäste gestern abend? Ich antworte ihr nicht, ich weiß nicht, wie viele es waren. Sie räumt den Kühlschrank leer, das macht sie jeden Montag, schaut auf jeden Becher und in jede Packung, nach Haltbarkeitsdaten und Schimmel. Sie muß nie viel wegwerfen, heute sind es die Überbleibsel des Essens von vorgestern, die sie aus den Plastikbehältern in den Mülleimer kratzt. Ob ich den Kuchen von gestern noch essen wolle, fragt sie, es sei nur noch das eine Stück, sie hält es mir hin, ich nicke und nehme es. Nicht einmal den Kuchen habe ich verpaßt. Ich bemerke, daß ich meinen Kopf zwischen den Schultern einziehe, als ich das Tablett mit Kaffee und Tee ins Eßzimmer trage. Anton Jonas sitzt im Halbdunkel, hat das Kinn auf die Hand gestützt. Er sagt etwas zu mir: Schon zurück, sagt er, aber fragt es kaum. Berta kommt hinter mir ins Zimmer, macht das kleine Licht an, das genügen wird, bis es ganz hell ist. Anton Jonas reibt sich die Augen, hält die Hand vor den Mund, weil er gähnen muß. Berta stellt die Milch und den Zucker neben ihn, sie gießt ihm Kaffee aus der

Thermoskanne ein, sie sagt: Haben Sie gut geschlafen, Herr Jonas?

Und er sagt: Hervorragend, Berta, kurz, aber gut. Wie schade, daß Sie gestern nicht bei uns waren. Das war ein Spaß. Er greift nach der Milch, sein Arzt habe es ihm geraten, sagt er zu Berta, die sich wieder abwendet, dann stellt er die Milch unbenutzt zurück und nimmt statt dessen mehrere Würfel Zucker, er rührt seinen Kaffee um und lächelt dabei.

Berta geht in die Küche, um das Tablett mit den Tassen und Tellern zu bringen. Sie deckt den Tisch und füllt die Salzstreuer auf.